百歌繚乱

憶えておきたい日本の歌

高城修三 著

文英堂

十四

わたつみの豊《とよ》旗《はた》雲《ぐも》に入日さし
今《こ》宵《よひ》の月《つく》夜《よ》さやけかりこそ

万葉集《まんようしゅう》
中大兄皇子《なかのおおえのおうじ》

五六

ひとたびも
南無阿弥陀仏《なむあみだぶつ》と
いふ人の
蓮《はちす》の上に
のぼらぬはなし

拾遺和歌集《しゅういわかしゅう》　空也《くうや》

八四

しきしまの
やまと心を
人とはば
朝日ににほふ
山さくら花

自画賛《じがさん》　本居宣長《もとおりのりなが》

九五

四方《よも》の海みなはらからと思ふ世に
など波風の立ちさわぐらむ

明治《めいじ》天皇御集　明治《めいじ》天皇

百歌繚乱

憶えておきたい日本の歌

文英堂

目次

和歌は日本の真言である

季節のおりおり、日常の思いがけぬところで、ふと口をついて出てくる歌がある。たとえば夏の暑さの盛り、それも肌にじっとり汗がにじんでくるような昼下りなどに、ささやかな風の気配が感じられるとき。

秋きぬと目にはさやかに見えねども風のおとにぞおどろかれぬる　（藤原敏行《としゆき》）

必ずしも一首そのままとはかぎらない。上の句や下の句だけの場合もある。どこかで、しかと、習い憶えたというのではない。いつしか我が身についてしまった歌である。それが、季節の変化を意識するより先に口からこぼれてしまう。それと共に、ああ、もう暦の上では立秋なのだと、その確かな兆しを実感する。毎年のことである。あるいは、テレビが桜前線の北上を図解入りで伝えて、今日は三分咲きか五分咲きか、空模様はどうだろう、今年はどこで誰と花を共にしようかと思い悩むころ。

世の中にたえて桜のなかりせば春の心はのどけからまし　（在原業平《なりひら》）

また、深酒の酔いをさまそうと夜更けの街を独りほっつき歩いていて、何気なく火照った面を上げ、そこに真円の月が輝いているのを目にしたときなど、

月見ればちぢに物こそかなしけれわが身ひとつの秋にはあらねど（大江千里《ちさと》）

と思わずうそぶいて、胸をいっぱいにする。感性のツボにぴたりとはまってしまうのだ。外界と歌と我が心情が一つになる。それが、このうえもなく心地よい。

遠く縄文《じょうもん》の時代より、日本列島は四季の変化に満ち、豊かな自然の幸《さち》に恵まれていた。自然と共にあれば、生きていくことができた。日本人にとって、自然は、砂漠やツンドラ地帯のように人間を拒絶する苛酷なものではなかったし、ヨーロッパ人のそれのように人間が征服すべき対象でもなかった。自然は神であり、おのずからなる至高《しこう》のものであって、それと共にあること、一つに融け合うことは久しく日本人の理想であったし、時には救いの道でさえあった。

秋の田の穂《ほ》の上《へ》に霧《き》らふ朝霞《あさがすみ》いづへの方《かた》に我が恋ひやまむ

この歌の作者に仮託されている磐之媛《いわのひめ》は仁徳《にんとく》天皇の皇后で、『古事記』や『日本書紀』にあっては非常に嫉妬《しっと》深い女性とされている。天皇のおとずれがないまま悶々《もんもん》として朝を迎えた皇后にとって、眼前の朝霧は狂おしい恋の

思いそのものであり、行く方なき嫉妬の念に他ならない。それが秋の田の穂の上にたゆとう朝霞と一体化されることによって、癒《いや》しがたい皇后の魂も救われる。やがて陽がさしてくれば、自然に朝霞も消え去ってしまうのだから。

春過ぎて夏来《きた》るらし白妙《しろたへ》の衣ほしたり天《あま》の香具《かぐ》山（持統《じとう》天皇）

白妙の衣に夏の到来を実感する歌だが、今日ならば、衣替えして街行く人に夏を見つけるところだろう。日本人は自然を季節の変化としてとらえようとする。それを適確につかむことによって、自然の恵みが確かにもたらされ、人間の生活も保証された。狩猟採集の時代はもちろんだが、二千年余にわたる稲作の時代に、その傾向はいっそう強まった。日本におけるような北限地帯の稲作は夏期のモンスーン気候を最大限に利用しなければ成り立たない。季節の変化を敏感に察知し、その微妙な変化に合わせて、手際よく段取し、協調して農作業をすすめる必要があった。人間も世間も、自然の秩序と共にあらねばならなかった。春から夏へと季節がうつれば、それに合わせて人間の服装も気持も変わらなければならないのである。

日本人の神である自然は、せんじつめると、季節と歌枕《うたまくら》に集約されてしまう。季節は時代を追うにつれて細分化され、精緻な季語・歳時記となって今に至っている。季節のおりおり周到に用意されている歌は、日本語を母語とする私たちの意識にそれと気づかせずに忍び込んで、ふとしたおりに口をついて出てくるのだが、それと同じく歌枕も国土にあまねく用意されているのである。たとえば、ささなみの琵琶湖を前にすると、柿本人麿《ひとまろ》や高市黒人《たけちのくろひと》の歌がどこからとなく響いてくる。

淡海《あふみ》の海《み》夕波千鳥汝《な》が鳴けば情《こころ》もしのに古《いにしへ》思ほゆ（柿本人麿）

古《いにしへ》の人にわれあれやささなみの故《ふる》き京《みやこ》を見れば悲しき（高市黒人）

また、新幹線の乗客になって静岡あたりにさしかかると、何とはなしに窓の外が気にかかり、雪をいただいた山《さん》巓《てん》が不意に出現するのを心待ちしながら、この歌を想い浮かべてしまう。

田児《たご》の浦ゆ打出《うちい》でて見れば真白《ましろ》にそ不尽《ふじ》の高嶺《たかね》に雪はふりける（山部赤人《あかひと》）

古代の地名は、飛鳥坐《あすかにます》神社（奈良県明日香《あすか》村）のように、そこに坐《ま》す神の名そのものであった。それらの神々は陸海の境界にあたる峠や岬にあって侵入して来る者たちを監視していたから、異郷を旅する者は何をさておいても、その地の神を言寿《ことほ》ぎ、その機嫌を取り結んでおかないと、いかなる災厄《さいやく》に見舞われるか知れたものではない。ことに、名だたる地、景勝の地は特に勢力の強い神でもあったから、そのような地を訪ねれば、まず、その神の名（地名）を言寿ぐ歌を詠まなければならなかったのである。

そうした伝統の地が歌名所となり、歌枕ともなっていったのである。同じように、四季の変化は花鳥風月の中に集約され、それはやがて花（桜）と月（仲秋の名月）に昇華されて行く。言ってみれば、歌枕と花と月は日本人がとらえた象徴の自然であり、究極の自然であった。日本人はそれを民族の魂の依代《よりしろ》として、おのずからなる歌をうたい、あくことなく自然と一つに融け合おうとしてきたのである。

日本人の歌に対する態度を典型的に体現しているのは『新古今和歌集』第一の歌人西行《さいぎょう》であろう。

ねがはくは花のしたにて春死なんそのきさらぎの望月《もちづき》のころ

前もって自らの死を花と月で荘厳し、その言葉どおりの死を迎えて時の人々に大いなる感動を呼び起こした西行は、「一首詠み出でては一体の仏像を造る思ひをなし、一句思ひ続けては秘密の真言を唱ふるに同じ」とする思想でもって歌を詠んだ。西行にとって、歌は単なる言葉の芸術ではなかった。かの印度《インド》の地に真言《マントラ》があり、漢土に偈《げ》があるように、我が大和には和歌がある。和歌こそ日本の真言に他ならないと信じたからこそ、西行は遠く讃岐《さぬき》の白峰《しらみね》御陵におもむき恐るべき崇徳《すとく》上皇の怨霊に歌をささげて、その鎮魂を果たそうとしたし、さらには源平合戦の勃発を封じようと伊勢神宮におもむいて歌多数を奉納したのである。

西行の思想に先立って、日本の真言たることを自ら実現したものに「いろは歌」がある。印度に生まれた「涅槃《ねはん》経」の真言が漢訳されて四句の偈「諸行無常《しょぎゃうむじゃう》、是生滅法《ぜしゃうめっぽふ》、生滅滅已《しゃうめつめつい》、寂滅為楽《じゃくめつゐらく》」となり、それが十一世紀の我が国で当時流行していた今様《いまよう》歌に翻案されて、広く世にうたわれた。手習いのお手本としても、日本人には幼時からなじみの歌である。

いろはにほへとちりぬるをわかよたれそつねならむ
うゐのおくやまけふこえてあさきゆめみしゑひもせす

いろは四十七文字、当時の日本語の字母をすべて使い切り、見事に日本人の無常感をあらわしている。これに対して、民族の賀の歌とも言うべき「君が代」は、いのちの永遠なることを言寿いでいて、共に日本人が幼少のころより慣れ親しみ意識の奥底に定着せしめている和歌である。藤原定家《ていか》の撰になる「小倉百人一首」もここに加えておいてよかろう。

紀貫之《きのつらゆき》は『古今和歌集』仮名序において、和歌は「ひとのこころをたね」としてうたわれ、「力をもいれずして、天地《あめつち》をうごかし、目に見えぬ鬼神をも、あはれとおもはせ」るものであるとしている。その歌論を歌で担ったのは在原業平《なりひら》であり、その先には歌聖柿本人麿が立っていた。

しきしまの倭《やまと》の国は事霊《ことだま》のさきはふ国ぞま幸《さき》くありこそ（柿本人麿歌集）

難波津《なにわづ》から出航する遣唐使《けんとうし》の無事を祈って、人麿があえて言挙《ことあ》げした歌である。言葉には霊がやどっており、それは特別な者が特異なる発声をすることによって事実として顕現する。これが言霊思想である。人麿が生きた『万葉集』の時代、「言」と「事」は一つのものとして観念されていた。事霊は言霊に同じである。真実を「まこと」と言うのは、本当の言葉すなわち真言《まこと》の意であったし、また、漢字の誠を「まこと」と訓じたのも、「言が成る」ことこそが真実とする思想が我が国にあったからに他ならない。

天皇は「スメラミコト」と呼ばれる。スメラの意が「統《す》べる」か「澄める」か、そのいずれにしても、スメラミコトの本義はミコト（御言）にある。イザナギノミコト、スサノヲノミコトなどに見られるミコト（命）も同じで、単なる神の尊称ではない。聖書の「創世記」にもあるように、初めに「言葉ありき」なのである。天皇がミコト（御言）を発することをミコトノリという。「ノリ」はイノリ（祈り）、ナノリ（名乗り）に見られるように、あらたまって聖なる言葉を口にすることをいう。古代においては天皇のミコト（御言＝命）を保持して諸国を支配する者がミコトモチ（宰＝国司）であった。

天皇の御言は神主の祝詞《のりと》と同じく、日常会話とはちがった声調で発せられる。終戦を告げる昭和天皇の玉音放送を想い浮かべてもらってもよい。神の言葉、聖なる言葉は真言でなければならず、言霊の威力を充分に発揮するには常とちがった特異な声調でなければならなかったのである。歌の起源もそこにある。

熟田津《にきたつ》に船乗りせむと月待てば潮もかなひぬ今は漕《こ》ぎ出《い》でな

国家の一大事であった百済《くだら》救援の軍中にあって、額田王《ぬかたのおおきみ》が戦の勝利と航海の無事を神々に祈願し、天皇の御製《ぎょせい》としてうたった歌である。歌は「打つ」と語源を同じくする言葉であり、聞く者の魂を打つからこそ歌なのである。それは自らの真情を訴えて、聞く者を感動せしめ、その願うところを実現しようとするものであった。おのずからなるもの（自然＝神）と感応する真言は、天地を動かし、鬼神をも感じせしめるものと信じられていたからこそ、国家や民族の危機にあって、また社会や人生の画期において、数多くの歌が詠まれてきたのである。

歌の真言は、自然＝神に対してのみ発揮されるのではない。異性の魂を我が方へと乞い願うとき、それは恋の歌となる。「恋ふ」は「乞ふ」と同源の言葉である。

君が行く道の長手《ながて》を繰《く》り畳《たた》ね焼きほろぼさむ天の火もがも（狭野茅上娘子《さののちがみのおとめ》）

物思へば沢のほたるもわが身よりあくがれ出づるたまかとぞ見る（和泉式部《いずみしきぶ》）

記紀万葉の時代から、おびただしい恋の歌が詠まれてきた。しかしその多くは、悲しい恋であり、苦しい恋であった。現実に成就することのかなわぬ恋だからこそ、歌の力によって、恋しい相手の魂を我がものにと乞い願わなければならなかったのである。その恋の歌も近世の幕藩体制下にあっては、恋が下剋上《げこくじょう》と共に世の秩序を攪乱《かくらん》する危険なものであるとして遊里に隔離されてしまい、ためにその伝統を一時衰弱させたが、近代浪漫《ロマン》主義の勃興とあいまってよみがえった。

やは肌のあつき血汐《ちしほ》にふれも見でさびしからずや道を説く君（与謝野晶子《よさのあきこ》）

日本人がその思いのたけをおのずからなる声でうたうのに、三十一文字の短歌形式ほど最適なものはあるまい。死者の魂に対しては、それを鎮魂する挽歌《ばんか》がうたわれ、彼岸《ひがん》に行こうとする者は此岸《しがん》に残る者の魂に向けて辞世を託した。

つゆとをちつゆときへにしわがみかななにはの事もゆめの又ゆめ（豊臣秀吉《とよとみひでよし》）

風さそふ花よりもなほ我はまた春の名残りをいかにとやせん（浅野長矩《ながのり》）

テレビの大河ドラマで名場面をつくる歌である。ありふれた歌言葉をつらねただけのようにも見えるが、それぞれの人生を背負ったこれらの辞世なくして、国民的叙事詩とでも言うべき『太閤記《たいこうき》』や『忠臣蔵《ちゅうしんぐら》』が後世あれほどの大喝采を浴びることもなかったのではあるまいか。

時代を問わず、老若男女、階層の別なく、歌の真言は人生のおりふしに発せられた。それが生活の危機を救い、我と我が身を安堵した。思いつくまま挙げてみよう。

世間《よのなか》を憂《う》しとやさしと思へども飛び立ちかねつ鳥にしあらねば（山上憶良《おくら》）

たのしみは春の桜に秋の月夫婦中《なか》よく三度くふめし（花道《はなみち》つらね）

白鳥《しらとり》はかなしからずや空の青海のあをにも染まずただよふ（若山牧水《ぼくすい》）

歌は人生の機微をうたうだけのものではない。民族の真情、時代の思想を吐露する歌もある。

しきしまのやまと心を人とはば朝日ににほふ山さくら花（本居宣長《もとおりのりなが》）

世の人はわれをなにともゆはばいへわがなすことはわれのみぞしる（坂本龍馬《りょうま》）

日本の真言たる和歌には、伝統の部立《ぶだて》による四季や恋ばかりでなく、民族の必要とするあらゆるものがうたわれているのである。日本が第二次世界大戦の廃墟の中からよみがえり、経済大国としての地位を確立した昭和六十二年（一九八七）正月の宮中歌会始におけるスメラミコト（昭和天皇）の御製。

わが国のたちなほり来し年々にあけぼのすぎの木はのびにけり

中国奥地で世界大戦のさなかに発見され、戦後アメリカ人学者によって昭和天皇に贈られたメタセコイア（和名あけぼのすぎ）に、日本の過去と現在を見事に重ね合わせた歌である。そのおのずからなる声調も、真言たるにふさわしい伝統のものである。

時代をへてうたいつがれてきた歌は、私たちの感性や意識に深く潜んで、不安でうつろいやすい魂の依代となり、民族の真情を適確に表出する「かたち」となって、思いがけぬときに私たちの前に立ち現われてくる。その歌によって、どれほどの魂がやすらぎ、救われたことか。和歌はまぎれもなく日本の真言である。日本人と日本語のあるかぎり、和歌はうたいつがれていくにちがいない。

百歌繚乱

憶えておきたい日本の歌

高城修三

一

古事記

八雲《やくも》立つ出雲《いづも》八重垣《やへがき》妻ごめに 八重垣つくるその八重垣を

須佐之男命《すさのおのみこと》

八雲、出雲、八重垣のつくる音の連なりが絶妙だ。神話の世界の英雄に仮託しながら、古代の人たちが共同して歌い継ぐうちに、磨き上げ、練り上げた調べである。古風な歌だが、すでに五七五七七の型におさまっている。紀《きの》貫之《つらゆき》が「ひとの世となりて、すさのをのみことよりぞ、三十《みそ》もじあまり一もじはよみける」と『古今和歌集』の仮名序に記したことも、うなずけようというものである。

この歌は、高天原《たかまがはら》を追放されて出雲の国の肥《ひ》の川の上流に降った須佐之男《すさのお》が、八俣《やまた》のオロチを退治して草薙《くさなぎ》の剣と奇稲田《くしなだ》姫を手に入れ、須賀《すが》の地に姫と住むための宮をつくったおりにうたわれた。これは新室寿《にいむろほか》いの歌で、結婚に先立って新居をつくるとき、その家が完成した祝いの席でうたわれるものである。「八雲立つ」は出雲の枕詞《まくらことば》。ここでは幾重にも沸き上がった瑞雲《ずいうん》が宮の周りに垣をめぐらしているさまをいう。

吉数の「八」を四つもならべ、「八重垣」を三度も繰り返して賛美するのは、音律を整えるためばかりではない。肝心の宮には少しもふれず、それを幾重にも囲む八重垣のすばらしさをもっぱら言寿《ことほ》ぐことによって、宮そのものを讃えようというのである。これによって須佐之男と奇稲田姫の聖なる結婚を祝福し、ひいてはそれが、性の力による豊穣を願うことに通ずるのである。

大切なものを隠し、その外装の立派なことによって隠されたものを荘厳しようという日本人の精神は、今日でも、贈答品の過剰なまでの包装や、茶道具の二重三重の箱書《はこがき》にもあらわれている。神社を「お宮さん」と呼ぶのも、祭神のやどる「屋」を敬称して「御屋＝宮」といい、さらにその前後に御と様を加えて、「御御屋様」と飾り立ててのことである。そこからタマネギの皮をむくように外飾をはぎとっていけば、あとには何も残らない。それが日本人の必要とする神なのである。

ともあれ、母の国を恋うて八拳鬚《やつかひげ》の生えるまで泣き叫ぶマザーコンプレックスの「荒ぶる神」、姉の天照大神《あまてらすおおみかみ》との「誓《うけ》い」に勝って乱暴狼藉をはたらき高天原の神々の正統から追われた須佐之男命が、「八雲立つ」の歌によって和歌の創始者とみなされたことは、しかと心にとめておいてよい。正統から排除された者や政治の敗者が文学に拠って立とうとするのは、久しく我が国の伝統であった。「歌う」は、その真情を訴えることに他ならないからである。

須佐之男命《すさのおのみこと》

黄泉国《よみ》から戻ったイザナギの命が筑紫の日向《ひむか》で禊祓《みそぎはら》いをしたおり、天照大神《あまてらす》、月読《つくよみ》の命と共に須佐之男の命が誕生した。その荒ぶる所業によって高天原を追放されるが、出雲に降臨して英雄神となり、八俣のオロチを退治し、奇稲田姫をめとって出雲の神々の祖となった。

二

古事記

赤玉は緒《を》さへ光れど白玉《しらたま》の
君が装《よそひ》し貴くありけり

豊《とよ》玉《たま》姫《ひめ》

大晦日のＮＨＫ紅白歌合戦はテレビ時代の国民的行事である。年の瀬もあとわずかを残すばかりになって、あわただしい正月準備も終り、家族一同がほっと一息ついてテレビの前にあつまる時間をねらいすましたように、過ぎし一年の流行歌が次から次へと披露される。舞台も衣装も思いっきり華やかである。やがて最後の歌手が持ち歌をうたい終わると、ああ、今年もいよいよ暮れるのかと実感する。

紅白歌合戦が国民の過半を惹きつけるまでに成功した秘密は、女性歌手を紅組、男性歌手を白組に分かって、それを「歌合戦」と銘打ったところにある。ここには、秋の運動会に欠かせぬ紅白の玉入れ競争、さらには赤旗白旗をふりかざして争った源平合戦、平安貴族の歌合《うたあわせ》にまで連なる伝統が見事に具現されているのだが、その初めの精神をたずねれば、『古事記』に見える豊玉姫《とよたまひめ》の歌にまでさかのぼることができるのである。

海神の娘である豊玉姫は、出産のおり、決して産室をのぞいてはならぬという禁を破った火遠理命《ほおりのみこと》に、ワニ（サメの類）となってのたうつ姿を見られてしまう。姫はそれを恥じて海宮にもどったものの、命を恋う心に耐えがたく、御子の養育のため妹の玉依姫《たまより》をつかわし、その思いを歌に託してたてまつった。それが、ここに挙げた歌である。同じ神話が『日本書紀』にも見えているが、そちらの歌は「赤玉の光はありと人は言へど君が装し貴くありけり」となっていて、赤玉と白玉を対比せしめた歌は『古事記』だけのものである。ただし、どちらの歌も調べは新しく、万葉時代の歌を神話に採用したのであろう。

本来、赤と白は対比されるべき色ではなかった。赤＝明に対するのは黒＝暗であり、白＝素に対するのは「黒白をつける」「玄人《くろうと》・素人《しろうと》」に見られるように黒＝玄であった。紅白は国旗にも採用されているめでたい色である。共に祝い事には欠かせない。そんな二つの色をあえて対比せしめたところに、この歌の手柄がある。

古来、日本人が好んだのは純粋無垢《むく》の白であった。その最たる白玉（真珠。玉は霊でもある）を持ち出して、「赤玉は緒さえ光るほどに美しいけれど、白玉のようなあなたのお姿はさらに貴くていらっしゃいます」とうたう豊玉姫の恋心は、出産のときワニになってのたうった姿が信じられないほど、切なく、素直である。ここでは、赤玉を珊瑚《さんご》とするのが海神の娘の歌にふさわしいだろう。赤玉が豊玉姫の産んだ赤ん坊（鵜葺草葺不合命《うがやふきあえずのみこと》）を指していることは、言うまでもあるまい。

豊《とよ》玉《たま》姫《ひめ》

海神の娘。筑紫の日向の高千穂峰《たかちほ》に降臨したホノニニギの命と山神の娘コノハナノサクヤ姫との間に生まれたヒコホホデミの命（火遠理命・山幸彦）が、釣り針を探して海神の宮に赴いたおりに出会い、結ばれた。妹の玉依姫は鵜葺草葺不合命と結婚して神武《じんむ》天皇を生んだ。

三

古事記

みつみつし　久米《くめ》の子らが　垣下《かきもと》に　植ゑし山椒《はじかみ》　口ひひく　吾は忘れじ　撃ちてし止《や》まむ

久《く》米《め》歌《うた》

民族存亡のときにあたって、歴史の瞑暗《めいあん》のかなたから唐突に噴き出してくる言葉がある。それを耳にし、口にしたとたん、迷いが消える。民族の魂と一つになった深い安堵につつまれる。

泥沼戦争となった中国侵攻に加えて欧米列強の経済封鎖でしめつけられた日本は、昭和十六年（一九四一）十二月八日、ついに真珠湾を奇襲して、無謀な太平洋戦争に突入する。その日、斎藤茂吉《もきち》は、

何なれや心おごれる老大の耄碌《もうろく》国を撃ちてし止まむ

と、はやる心を歌に詠んでいる。茂吉の高揚感は当時の多くの国民が共有した感情でもあった。

久米歌《くめうた》は、八《や》咫烏《たがらす》に導びかれて熊野より大和に攻め上った神武《じんむ》天皇が登美彦《とみびこ》を撃つときにうたった歌とされ、そのうち「撃ちてし止まむ」の句を有する歌は四首ある。『日本書紀』にも、ほぼ同様のものが残されている。もと

もと大和朝廷に服属していた久米部の戦闘歌で、歌に合わせて土蜘蛛《つちぐも》を切る久米舞が舞われ、のちには即位礼にも採用された。ここに挙げたのは、その久米歌の一つである。「山椒」はサンショウ。古代人の発想はあくまで具体的事物に結びついていて、その口中のひりひりするような感覚が一気に「撃ちてし止まむ」に結集する。この結句が歌のすべてである。

二十世紀になって突然よみがえった「撃ちてし止まむ」は、散華、玉砕の精神にまで純化されていく。記・紀・万葉の言霊に、国民は陶酔し、熱狂していったのである。だが、「醜《しこ》の御盾《みたて》」の皇軍が「水《み》つく屍《かばね》」「草むす屍」となって戦っても、かつて蒙古《もうこ》来襲を退けた「神風」は吹かず、いたずらに若い命を奪い去るばかりで、ついには原爆投下によって悲惨な敗戦を迎えることになる。

民族の琴線にふれる歌の文句は、私たちが経験のない危機に遭遇したとき目の前に激しく点滅する避難路表示灯のようなものだ。一も二もなく、それに従ってしまう。そのことが、元寇《げんこう》や黒船来航のときのように民族の危難を救うこともあるし、太平洋戦争のように非合理と狂信を強めて自滅に至ることもある。

心しておかなければならないのは、私たちが日頃それと気づかぬままに受け継いでいる魂の依代《よりしろ》がいかなるものであるか、よりよく知っておくということだ。それは言葉となって現出することもあれば、行動や組織の型として暗黙のうちに私たちの日常の中に立ち現われてくることもある。

古事記《こじき》

天武《てんむ》天皇が帝紀《ていき》・旧辞《きゅうじ》の虚実を定め、稗田阿礼《ひえだのあれ》に読み習わせたものを、和銅五年（七一二）に太安万侶《おおのやすまろ》が撰録した。我が国の精神的原点ともいうべき古典で、神代から推古《すいこ》天皇の時代までを記す。多くの歌物語を収録しており、万葉時代に先行する貴重な歌謡が少なくない。

四 古事記

さねさし相模《さがむ》の小野《をの》に燃ゆる火の火中《ほなか》に立ちて問ひし君はも

弟《おと》橘《たちばな》姫《ひめ》

この歌は『古事記』に見えている。もともと、春の野焼きのときに逢引きする若い男女が呼び掛け合う歌として流布していたものを、倭 建命《やまとたける》の東征神話に採用したと思われる。

「さねさし」は相模《さがみ》（神奈川県）の枕 詞《まくらことば》。「相模の小野に燃ゆる火」とは、倭建が相模の国の国 造《くにのみやつこ》に謀られて野中に誘い出され、火攻めにあって危うく殺されそうになった、その火である。このとき倭建は、伊勢神宮に仕えるオバの倭姫《やまとひめ》からさずかった草薙《くさなぎ》の剣で野の草を刈り払い、火打ち石で向かい火を放って、窮地を脱している。

そこからさらに東に進んで走 水《はしりみず》の海（浦賀水道）を渡ろうとしたとき、倭建の暴言に怒った渡りの神が荒波を起こして船の前進をはばんだ。これに対しては、弟 橘姫《おとたちばな》が自ら倭建の身代りとなって海にはいり、難をのがれることができた。そのおり、姫が「相模のあの燃える火の中に立って私の名を呼んでくださったあなた」と、うたったのである。

弟橘姫にとって、火の中で倭建が自分の安否を気遣ってくれたことは、自分のいのちと引き換えにできるほど大切なことだったのである。「燃ゆる火」以下、いのちよりも大切な恋の思いを眼《ま》のあたりに映し出してすばらしい。もっとも、この歌を東征神話から切り離し、野焼きのおりの恋の掛け合いの歌とみれば、「問ひし君はも」は、「私の名を問うてくださったあなた」と男の誘いに答える女の歌となる。「はも」は追想しての感動をあらわし、『万葉集』に多用される表現である。

この時代、女の名は母親と近親の者しか知らなかった。だから、男がその名を問うというのは求婚を意味していた。『万葉集』巻頭に置かれた雄略《ゆうりやく》天皇の御製が、菜摘む乙女に「われこそは告《の》らめ家をも名をも」と呼び掛けているのは、その一例で、そうした場合、女が名を明かすことは結婚の承諾に他ならなかった。名はその人の魂である。名を知ることは、その人の魂を我が身に帯びることである。戦後まもなくの映画「君の名は」の大ヒットも、こうした伝統に負うところが少なくなかったのである。

統一国家建設時代の神話的英雄、倭建命にして、東征の難局を二度までも女に救われた。と言うよりも、我が国の英雄は女の助力なくして英雄たりえなかったのである。天照大神《あまてらすおおみかみ》の昔から、日本は女なしには夜の明けぬ国、神と人との仲立ちをする女の力なくして事をなすことあたわざる国なのである。

弟《おと》橘《たちばな》姫《ひめ》

倭建命の東征に従った妃で、穂積《ほづみ》氏の忍山宿禰《おしやまのすくね》の娘であったという。倭建命が走水の海を渡って上総《かずさ》に向かおうとしたとき、神の怒りに触れて危うく難破しそうになったので、命の身代りになって海に入った。横須賀市走水にある走水神社は倭建命と弟橘姫を祭っている。

五

古事記

倭《やまと》は　国のまほろば　畳《たた》なづく　青垣《あをがき》
山籠《こも》れる　倭し　うるはし

倭《やまと》建《たけるの》命《みこと》

倭 建命《やまとたける》は、その荒くたけだけしい心を恐れられて、父景行《けいこう》天皇から遠ざけられる。熊曾建《くまそたける》、出雲《いずも》建を討ったあとも、なお東国平定につかわされた倭建は、その帰途、伊吹《いぶき》山の神に闘いを挑むのだが、草薙《くさなぎ》の剣を身から離したばかりか、神に向かって言挙げするという失策のために、敗北して正気を失ない、ついに伊勢の能煩野《のぼの》に倒れる。そのとき倭建が故郷「大和（古くは倭と表記した）」をしのんでうたったのが、この歌である。『古事記』の東征神話に見えるものだが、『日本書紀』では景行天皇が九州征討におもむいたおり日向《ひむか》の国で詠んだ「国しのび歌」とされている。もともと大和の国讃《くにぼ》めの歌であったらしい。

まほろば。最も秀でた場所を指して言うのだが、こんな解釈など必要としない美しい言葉である。この一語をもって、大和は永遠に言寿《ことほ》がれたといえよう。

「やまと」は三輪《みわ》山を間近に仰ぎ見るあたり、大和朝廷発祥の地を指した。それが大和朝廷の勢力伸長と共に、奈良盆地全域へ、さらには日本列島へと拡大されていった。そうした過程で、「畳なづく青垣、山籠れる倭」こそ理想の地と憧憬され、地方の国府《こくふ》所在地も、青垣をめぐらせた大和・飛鳥を想わせるような地が好まれた。

なぜ、見渡すかぎりの広大な平野ではなく、青い山に囲まれた大和がまほろばなのか。そこが大和朝廷発祥の地であり、支配階級の故郷であったからということもあるだろう。昔から山のめぐみを大きく受けてきた日本人には視界の中に青い山がないと何かしら落ち着いた気分になれない、ということもあずかっていただろう。だが、何よりも、大和をぐるりと囲んでいる青垣の存在が大きい。

日本の都には城壁がない。そのかわり青垣が必要だった。と言うよりも、青垣があるから中国やヨーロッパのような城壁都市をつくる必要がなかったのである。青垣は、須佐之男《すさのお》命が言寿いだ「出雲八重垣」と同じく、象徴的に外敵を防ぐ垣根であり、内と外を区切る結界である。外は誰が何をするか分からぬ不安な領域だが、内は安心してくつろげる領域であり、それが日本人にとって理想の地というわけである。こうした思想が可能であったのは、日本が異民族の侵入を恐れる必要のない島国であったことによっている。

倭建命の魂は大白鳥となって大和へ、さらに青垣を越えて、内も外もない天空のかなたへと翔んでいく。国しのび歌と共に英雄神話の最後をかざる印象的な場面である。

倭《やまと》建《たけるの》命《みこと》

第十二代景行天皇が針間《はりま》の伊那毘《いなび》の大郎女《おおいらつめ》との間にもうけた皇子とされ、小碓《おうす》命、倭男具那《やまとおぐな》命の別名も伝わる。『日本書紀』は日本武尊と表記。ヤマトタケルは「大和の勇者」の意で、大和朝廷の全国統一過程を一人の英雄的皇子に仮託して象徴的に表現したのであろう。

六

古今和歌集仮名序

難波津《なにはづ》に咲くやこの花冬ごもり
いまは春べと咲くやこの花

王仁《わに》

平成二年（一九九〇）に開催された「花の万国博覧会」で主催者大阪市の展示館であった「咲くやこの花館」は、世界の花を一堂に集めて多大な人気を博した。市民応募によった展示館の命名は、王仁《わに》の作と伝わる標題の古歌にちなんだものである。また、大阪市には此花区《このはな》もあって、この歌とのえにしは思いの外に深い。

『古今和歌集』の仮名序によれば、仁徳《にんとく》天皇は即位前、異母弟の菟道稚郎子《うじのわきいらつこ》皇子と皇位をゆずりあうこと三年にも及んだので、それを不審に思った王仁が難波の高津宮《たかつ》にあった大鷦鷯《おおさざき》皇子（仁徳）に歌をたてまつって「難波津に咲くやこの花」と、その即位をすすめたという。

王仁は大鷦鷯の父応神《おうじん》天皇のとき百済《くだら》より招かれた人である。朝廷に『論語』十巻、「千文字」一巻を献じ、菟道稚郎子の師となっていたというから、儒教による長幼の順を重んじて大鷦鷯の即位をうながしたのであろう。

『日本書紀』によれば、菟道稚郎子は応神天皇によって皇位継承者と定められていた。しかし、菟道稚郎子は長幼の順を固守し、兄が即位するべきだとして自殺、そこでついに大鷦鷯が高津宮で即位したという。これが仁徳天皇である。王仁の子孫は河内《かわち》の国に住み、代々文筆の業務を職とした。

紀貫之《きのつらゆき》のころ、すでに難波津の歌は「安積山《あさかやま》影さへ見ゆる山の井の浅き心をわが思はなくに」の歌と共に、「歌の父母」とされ、手習いの歌として有名であった。王仁が伝えたという「千文字」は漢字の手本、同じ習字の手本なら、という連想から、もともと難波津を言寿《ことほ》ぐ歌だったものが王仁の作に帰せられたらしい。

「この花」は「木《こ》の花」をいう。貫之は「この花」を梅の花としているが、どうであろうか。奈良時代の貴族は中国伝来の梅にあこがれ、多く歌に詠んだ。漢学者の王仁が詠んだ歌なら「この花」は梅の花に違いないと貫之が考えたとしても、無理はない。しかし、梅の花がもてはやされたのは王仁よりずっと後の奈良時代のことなのである。ここは桜でなければならない。木花《このはな》之《の》開耶《さくや》姫の「木花」も桜で、この女神を祭る神社は桜をもっぱら神木にしている。

古来、桜は稲作の開始を告げる春の花であった。暦などのなかった時代、その年の気温に敏感に反応する桜の開花日は、作業手順をおろそかにできない日本のような北限の稲作にとって、最高の自然カレンダーであった。だからこそ、日本人は桜の開花を待ち焦がれ、その花の満開の下で酒に酔い、田の神を迎えたのである。

王仁《わに》

応神天皇の時代に百済より来朝して『論語』や「千文字」を伝え、菟道稚郎子の師になったという。河内国に本拠をもった渡来《とらい》系氏族で、漢の高祖《こうそ》の末裔と称し、文筆を専門にした西《かわちの》文《ふみ》氏の祖とされる。王仁の来朝は五世紀初めであろう。『古事記』には和邇吉師《わにきし》とある。

七

万葉集

秋の田の穂《ほ》の上《へ》に霧《き》らふ朝霞《あさがすみ》
いづへの方《かた》に我が恋ひやまむ

磐之媛《いわのひめ》皇后

『万葉集』巻二の「相聞《そうもん》」に「磐姫皇后《いわのひめ》、天皇を思《しの》ひて御作歌四首《つくりませる》」として採られている。磐之媛《いわのひめ》皇后の歌は、『万葉集』中、最も古い歌ということになるが、とても五世紀ころの歌とは思われず、いずれも後世の仮託とされている。しかしここでは、あくまで皇后の歌として受け取っておこう。

仁徳《にんとく》天皇の皇后磐之媛は激しく嫉妬《しっと》する女性である。『古事記』には「足もあがかに」つまり地団駄ふむように嫉妬したとある。ことに、皇后が紀州（和歌山県）に出向いたすきに天皇が八田《やた》皇女《め》を婚したと知ったときの怒りはすさまじく、天皇の待つ高津宮《たかつ》には帰らず、紀州からの船をそのまま淀川にすすめて木津《きづ》川をのぼり、山城（京都府南部）の筒城宮《つつき》に隠れてしまった。皇后となって二十九年目（ただし、一年を二年に数える春秋年）にして、なおこの挙に及んだのである。天皇は歌をもって再三なだめようとされるが、それにも頑として応えず、皇后は筒城宮で没してしまう。

仁徳天皇は民のかまどに煙が立たないのを御覧になって三年にわたり課税を免除した聖徳の王とされているが、その一方、色好みの王としても知られている。古代、多くの女を婚すことは帝王の徳の一つであった。とは言え、あの仁徳天皇にしても、磐之媛の激しい嫉妬の前ではあわれな恐妻家にすぎなかったのである。

しかし、ここに挙げた皇后の歌は恐るべき妬み妻のものとも思われない。たぶん、天皇の訪れがなかった朝のことだろう。激しい恋の思いは満たされず、そのうつうつとして晴れやらぬ気持を、稲穂の上にたゆとう朝霧にかさね、三拍二拍のリズムを切れ目なく「いづへの方」へと続けて、止むことのない恋心をうたっているのである。あるいは、朝霧は皇后のせつない魂であるかもしれない。嫉妬とうらはらの恋心を、情熱的な言葉、観念的な言葉でひたすら高揚させていくのではなく、恋も嫉妬も秋の朝の風景そのものに溶け合わせ、自然と一つになることによって、皇后のいやしがたい魂も救われるのである。やがて、田の上にも秋の陽がさしてくる。そうすれば、自然に霧も晴れてくる。

日本の自然は変化に富み、豊かなめぐみをもたらしてくれる。ヨーロッパのような征服すべき対象でもないし、砂漠地帯の苛酷さとも無縁である。自然はやさしい母であった。自然と一つに溶け合うことは、久しく日本人の理想であった。と言うよりも、自然と一体になることは、日本人が持って生まれた救いの道なのである。

磐之媛《いわのひめ》皇后

葛城襲津彦《かつらぎそつひこ》の娘で、仁徳天皇の皇后となり、履中《りちゅう》・反正《はんぜい》・允恭《いんぎょう》の三天皇をもうけた。葛城氏の強大な力を背景に、色好みの仁徳天皇に激しく嫉妬した。ことに八田皇女をめぐる仁徳天皇との確執は有名だったらしく、記・紀にも数多くのエピソードや相聞歌を残している。

八

日本書紀

我が夫子《せこ》が来べき宵《よひ》なり ささがねの蜘蛛《くも》の行ひ今宵《こよひ》著《しる》しも

衣《そ》通《とおし》姫

『日本書紀』は允《いん》恭《ぎょう》天皇と衣通《そとおし》姫の歌物語を伝えている。新室《にいむろ》の宴のおり、允恭天皇は自ら琴を弾き、皇后忍坂《おしさかの》大中《おおなか》姫《つひめ》が舞をまったが、当時の風習として、舞をした者はそのあと天皇に女性を献上しなければならなかった。皇后はやむなく近江《おうみ》（滋賀県）の母のもとにあった妹の弟《おと》姫をたてまつった。弟姫はその美しい容姿が衣を通してあらわれるほどだったので、時の人が「衣通《そとほしの》郎《いらつめ》姫」と呼ぶ美人、皇后は天皇が妹のもとに通うたびに激しく嫉妬心を燃やさずにはおれなかった。

衣通姫は小野小町《こまち》と並び称される絶世の美女であり、共に恋と歌に名を残している。恋と歌の上手は美女に欠かせぬ条件、と言うよりも、古代にあっては「美女」「恋」「歌」は三位一体のものだったのである。「恋ふ」は「乞ふ」であり、愛しいと思う相手の魂を乞うことである。それを表明するのが歌であった。歌は自らの真情を訴え、相手の心を打つものでなければならなかった。男から女へ、そして女から男へ、歌の掛合いなしに恋は成立しなかった。だからこそ、歌上手は恋上手であり、その二つともに上手な女が美女とも見なされたのである。

ところで、『日本書紀』とは別に『古事記』にも衣通姫がいる。允恭天皇と皇后の間に生まれた「軽大郎女《かるのおほいらつめ》」である。こちらの衣通姫は、同母兄の木梨軽《きなしのかる》太子と近親相姦のタブーを犯し、太子が伊予《いよ》（愛媛県）に流されると、それを追ってかの地で自殺したという、激しく恋する女である。

一方、『日本書紀』の衣通姫は、姉皇后の嫉妬を気遣いながらも、ひたすら天皇を待つ女である。恋の成就するまでは女の方にもっぱら選択権があるのだが、いったん交情が成ってしまえば、当時は通い婚が一般的だったから、女のもとへ行くか行かぬかは男の気持次第とあって、恋の主導権は逆転してしまうのである。男を待つ女の気持は不安であり、恋占いにすがりつきたくなるのは、今も昔も変わらない。

歌にある「我が夫子」は允恭天皇を指す。「宵」は男が女のもとに通う時間である。「ささがね」はクモの枕詞《まくらことば》。その「行ひ」とは巣をかける行為で、これが待ち人の来る前兆と考えられていた。衣通姫は独り天皇の訪れを待ちながら、今宵こそはと、せつない思いで恋占いをしていたのである。宵闇《よいやみ》からなまめかしさが匂い立つような歌だが、事実、このとき天皇は皇后の目を盗んで姫のもとに来ていて、この歌をひそかに聞いていたのである。衣通姫に歌を返したことは言うまでもあるまい。

衣通姫《そとおし》

允恭天皇の皇后忍坂大中姫の妹で、名を弟姫といい、父は応神天皇の皇子にあたる稚野毛二派《わかのけふたまた》王。衣通姫に対する皇后の嫉妬は激しく、雄略《ゆうりゃく》天皇を出産するというときに夫の允恭天皇が妹のもとに通っていると知った皇后は、産殿に火をつけて自殺しようとしたほどであった。

九

呉床座《あぐらゐ》の神の御手《みて》もち弾《ひ》く琴に
舞する女常世《をみなとこよ》にもがも

雄略天皇《ゆうりやく》

古事記

雄略《ゆうりやく》天皇が吉野《よしの》宮（奈良県吉野町）に行幸したおり、かつて吉野川のほとりで婚《め》した美しい乙女に舞をさせ、手ずから琴を弾いたときの御製である。允恭《いんぎょう》天皇が衣通《そとおし》姫を得た情景を想わせなくもない。琴は神託を乞うにあたって降神の楽器として用いられた。「呉床座の神」とは、椅子に座った天皇自身を指し、その琴の調べに合わせて舞をまう女の華麗な姿を、そのまま永遠のものであって欲しい、と願っているのである。古代を眼《ま》のあたりにするような歌だ。

吉野は雄略天皇の泊瀬《はつせ》朝倉宮（奈良県桜井市）から幾重にも重なる山を隔てて、吉野川ぞいの地にある。大和盆地には見られぬ大河吉野川の景観は早くから神仙境としてイメージされていたらしく、雄略天皇の歌も、川のほとりで出会った美しい乙女、琴、常世（ここでは永遠の命をいう）など、神仙的イメージにみちている。

雄略天皇は、そのたけだけしい怒りを爆発させて肉親・近臣を容赦なく殺し、大悪天皇とそしられた人だが、そうした一方、多くの恋物語も残している。『万葉集』の冒頭には菜を摘む乙女に妻問いする雄略天皇の御製が採られている。また『古事記』には、天皇に妻問いされて召されるのを待っているうちに八〇年（春秋年）がたってしまったという赤猪子《あかいこ》の悲話もあって、その色好みは古代天皇の中でも際立っている。

中国史書に登場する「倭王武《わおうぶ》」は雄略天皇に比定されている。「東は毛人《もうじん》を征すること五十五国、西は衆夷《しゅうい》を服すること六十六国」と武の上表文にもあるように、四、五世紀の大和朝廷はさかんに四辺を征服した。まつろわぬ部族を平定するにあたっては大悪天皇の怒りの力は不可欠のものだが、かと言って常に武力ばかりに頼っていたのではなかった。平和的な服従の証しに地方豪族の大切な女を召し上げ、采女《うねめ》として後宮にはべらせるということも少なくなかった。だからこそ、帝王たるものは色好みであらねばならず、それが帝王たる者に欠かせぬ徳と見なされたのである。『古事記』を読むと、天皇の事績があたかも恋の物語で埋まっているような観を呈するのも、そうした思想が背景にあってのことである。

雄略天皇はまた、有徳天皇とも称されている。一個の人格に極端な善と悪、さらに色好みまで共存させるのは、須佐之男《すさのお》命や倭建《やまとたける》命と同類である。単なる善人、単なる悪人が事を成すのではない。それが日本人の英雄観だったのである。

雄略《ゆうりゃく》天皇

父は允恭天皇。御名はワカタケルで、埼玉稲荷山《さきたまいなりやま》古墳や江田船山《えだふなやま》古墳から出土した鉄剣銘に「ワカタケル大王」と記されている。中国史書にも「倭王武」として登場していて、記・紀以外の同時代の史料からも実在が確認できる天皇。西暦四八三年に崩御したと考えられる。

十

万葉集

家にあらば妹《いも》が手まかむ草枕《くさまくら》
旅に臥《こや》せるこの旅人《たびと》あはれ

聖徳《しょうとく》太子

聖《しょう》徳《とく》太子と言えば、戦後の長い間、高額紙幣の代名詞であった。また、一度に十人の訴えを聞き分けるほど聡明であったとか、法隆寺をはじめ太子創建と伝える数多くの名刹《めいさつ》、今なお根強い太子信仰もあって、おそらく歴史的人物の中で最も人気のある日本人の一人であろう。

太子は推古《すいこ》天皇の摂政として、仏教の興隆、隋《ずい》との対等外交、中央集権国家の推進など画期的な政治を志したが、なかでも推古十二年（六〇四）に定められた憲法十七条を忘れるわけにはいかない。

その第一条「和を以《も》て貴《たふと》しとなし、忤《さから》ふことなきを宗《むね》とせよ」は、日本人が北限地帯の稲作でつちかってきた「和の精神」を成文化したものとして特筆に値する。亜熱帯性の植物である稲を日本で栽培するには夏のモンスーン気候を効率よく利用しなければならない。そのため、最適期を選び、みんなが力を合わせて、いっせいに作業をする必要がある。全体の段取りを狂わす「我田引水」などは固くいましめられたのである。

太子の憲法は官人の服務規程のようなものだが、第十七条「夫《そ》れ事は独り断《さだ》むべからず、必ず衆《もろもろ》と論《あげつら》ふべし」なども、談合、根回し、全員一致といったかたちで、現代社会の行動原理となっている。しかし、和の精神も横紙破りの実力者には通じない。太子は蘇我《そが》氏の専横のために挫折感を深め、政治から仏教へと傾斜していくのである。

太子が後世に大きな影響を与えたものとして、今一つ忘れてならないのは、神仏習合の思想である。欽明《きんめい》天皇のとき仏教が公伝されて以来、崇仏派の蘇我氏と排仏派の物部《もののべ》氏が争い、ついには物部守屋《もりや》の滅亡に終わったが、この日本最初の宗教戦争ともいうべき悲惨な戦いの反省から、太子は厚く仏教に帰依《きえ》すると共に神祇《じんぎ》を祭拝した。これは和の精神の発露か、単なる「よいとこどり」か、いずれにしても、イスラム教やキリスト教では同じ人間が神仏を共に崇拝するなど考えられないであろう。

ここに挙げたのは『万葉集』に採られた歌で、太子が竜田《たつた》山（奈良県三郷町）の死人を見て悲しみ、うたったものである。『日本書紀』にも片岡《かたおか》山（奈良県王寺町）の飢者をうたった同様の歌が見えている。太子信仰の成立にも大いにあずかった歌だが、行き倒れは遠い国から調《みつぎ》を運んできた農民であろうか。和の原理が支配者間のものであり、その和を貴しとするかぎり、太子が困窮する農民に注げるのは宗教的な慈愛しかない。「あはれ」の声は政治の志をまっとうできなかった太子の嘆きのように聞こえる。

聖徳《しょうとく》太子（五七四～六二二）

御名は厩戸《うまやど》皇子。第三十一代用明《ようめい》天皇と穴穂部間人《あなほべのはしひと》皇后の間に生まれ、蘇我馬子《うまこ》の娘刀自古《とじこの》郎女《いらつめ》を妃とした。隋の煬帝《ようだい》に送った国書に「日出ずる処《ところ》の天子、書を日没する処の天子に致す」としたため対等外交や仏教興隆など、後世の日本に計り知れない影響を与えた。

一一 万葉集

夕されば小倉《をぐら》の山に鳴く鹿は
今宵《こよひ》は鳴かず寝《い》ねにけらしも

舒明《じょめい》天皇

舒明《じょめい》天皇の治世は蘇我《そが》氏の威勢が最高潮にあったときで、天皇のかげは何となく薄いのだが、その末期には唐より南淵請安《みなぶちのしょうあん》や高向玄理《たかむくのくろまろ》らの留学生が帰朝して、大化の改新に向けた新しい動きが始まろうとしていたし、その皇后宝《たから》皇女（のちの皇極《こうぎょく》・斉明《さいめい》天皇）を核にして、万葉初期をかざる皇室歌人たちの歌が生まれつつあった。『古事記』の時代は推古《すいこ》朝で終わり、舒明朝から万葉の時代が始まったのである。

天皇の宮は飛鳥岡本宮（奈良県明日香《あすか》村）であった。裏手には多武峰《とうのみね》につらなる山々がひかえている。小倉山もその一つであろうが、夕・宵に連想して「小暗の山」を想わせる。

夕方になると街灯が自動点灯する今日、私たちは夕から宵にうつるころの妖《あや》しい気分を忘れてしまっている。昼の部である夕はまだ日中の明るさを残していて、日が暮れたあとの宵は夜の部になる。大地からにじみ出すようにして闇の気配が濃くなり、家も山も次第に暗黒に呑み込まれていくが、それでも空にはまだ明るさが残っている。昔の人は、そんな夕暮れ時を「誰《た》そ彼《かれ》時」とか「大禍《おおまが》時（逢魔《おうま》が時）」と呼んだ。人の魂が動揺し、肉体から離脱しかねない怖しい時であり、おうおうにして凶事の起きる時でもあったからだ。

鹿が鳴くのは秋、発情した雄が雌を求めているのである。その鹿が今宵は鳴かない。宵は男が女のもとに通う時でもある。「寝ね」は眠ることではなく、共寝をいう。夕から宵にうつるころの不安な魂があたりの自然の情景に感応する。いつも聞こえる鹿の鳴き声は妻恋いであり、その声の聞こえぬことが闇の中のなまめかしい男女の性愛に重なっていく。

天皇の歌は、そんなふうに身近な自然と響き合い照応しようとする魂を、「寝ねにけらしも」と軽い調子ではぐらかし、鎮めようとしているのである。あとに残るのは寂しい秋の闇である。

ここに挙げた歌は『万葉集』巻八に採られているが、これとほぼ同様の歌が巻九の冒頭に雄略《ゆうりゃく》天皇の御製として見えている。しかし、歌の繊細な感じからは、とても雄略天皇のものとは思われない。むしろ、女性を感じさせる。歌の詞書《ことばがき》に「岡本天皇の御製歌一首」とあるところからみて、舒明天皇亡きあと、同じ飛鳥岡本宮に住んだ斉明天皇の御製と考えられないこともない。未亡人の歌とすれば、雌鹿を呼ぶ雄鹿の声に耳を澄ます秋の宵の情景は、いっそう哀切なものに思われる。

舒明《じょめい》天皇
（五九三〜六四一）

敏達《びだつ》天皇の孫で、父は押坂彦人大兄《おしさかひこひとおおえ》皇子、母は糠手《ぬかて》姫皇女。皇后宝皇女との間に後の天智《てんち》・天武《てんむ》天皇をもうけた。蘇我氏との対立を避け、温泉への行幸や造寺に心を傾けた。香久《かぐ》山で詠んだ国見歌が『万葉集』に残されている。在位十三年、六四一年に四九歳で崩御した。

一二 日本書紀

飛鳥川漲《みなぎら》ひつつ行く水の間《あひだ》もなくも思ほゆるかも

斉明《さいめい》天皇

斉明《さいめい》天皇は大化の改新に前後する古代の政治の激動に翻弄《ほんろう》された女性である。初め高向《たかむこ》王と一子までもうけながら離婚する。再婚した田村皇子（舒明《じょめい》）が思いがけず皇位についてしまったために、その崩御後には皇極《こうぎょく》天皇として即位し、我が子中大兄《なかのおおえ》皇子が蘇我入鹿《そがのいるか》を血祭りに上げるのを眼《ま》のあたりにしなければならなかった。改新のあと皇位を譲った弟孝徳《こうとく》天皇が中大兄との確執のはてに憤死すると、重祚《ちょうそ》して斉明天皇となる。その間、血なまぐさい政変があいついで、天皇の心はやすまることがなかった。

そのせいか、天皇は吉野や比良《ひら》（滋賀県）の離宮、紀《き》の国や伊予《いよ》の国の温泉にしばしば行幸した。また、多武峰《とうのみね》の頂きに天宮《あまつみや》と称する高殿を築くなど次から次へと大土木工事を起こして、時の人からその狂心ぶりを非難されているが、もともと母性愛と芸術的感性にめぐまれた人であり、初期万葉時代をかたちづくる皇室歌人たちの揺籃《ようらん》ともなった女帝である。

天皇が六五歳のとき、中大兄の子建王《たける》がみまかった。八歳であった。その母は、中大兄に謀反の疑いをかけられて自殺した右大臣蘇我石川麻呂《いしかわまろ》の娘で、父の非業《ひごう》の死を知って狂死している。この悲劇に加えて、建王は生まれつき口がきけなかった。天皇は不憫《ふびん》な孫をことのほかに愛していたらしく、自分の死後は建王と合葬せよと命じ、その死をいたまれる歌を詠んだ。『日本書紀』は六首の歌を伝えている。

ここに挙げた歌はその一つで、飛鳥川の水の流れを想わせるような声調と、ひっきりなしに込み上げてくる悲しみが見事に溶け合っている。「漲ふ」は水の盛り上がったさまをいう。老女帝は折にふれてこの歌を口ずさみ、さめざめと泣かれたという。万葉挽歌《ばんか》の誕生を告げる歌である。

斉明天皇の後岡本宮は飛鳥川のほとりにあった。常のごとく川の流れを目にされたであろう。泣いても泣いても、なお慰められぬ魂がある。孫を思う悲しみは思い出と共に絶え間なくわいてくる。しかし、その口ずさむ歌が身近に馴れ親しんだ自然と天皇を一つに溶け合わせる。天皇の悲しみは、いつしか飛沫《ひまつ》を上げて間断なく流れる飛鳥川の水そのものになって、魂もまたそこにやすらぐことができるのである。

しかし、建王が亡くなった斉明四年（六五八）の冬には有間《ありま》皇子の謀反事件が起こり、その二年後、百済《くだら》が唐・新羅《しらぎ》の連合軍によって滅ぼされると、翌斉明七年正月、天皇は老躯を押して百済救援軍の先頭に立ち、筑紫《つくし》（福岡県）におもむかなければならなかった。その年の秋七月、天皇は筑紫の朝倉宮に崩じた。

斉明《さいめい》天皇
（五九四〜六六一）

押坂彦人大兄《おしさかひこひとおおえ》皇子の孫娘で、初め高向王に嫁し、再婚した田村皇子（舒明）は叔父にあたる。舒明天皇崩御後、即位して第三十五代皇極天皇となり、次いで大化の改新後に即位した孝徳天皇崩御後、重祚して斉明天皇となった。六六一年、六八歳で筑紫の朝倉宮に崩御した。

一三 万葉集

磐代《いはしろ》の浜松が枝《え》を引き結び
真幸《まさき》くあらばまた還《かへ》り見む

有間《ありま》皇子

『万葉集』は古代律令国家形成期の政治的犠牲者を鎮魂する歌集という性格を色濃く持っているが、それには有間《ありま》皇子の事件が少なからずあずかっている。

白雉《はくち》四年（六五三）、孝徳《こうとく》天皇と衝突した皇太子中大兄《なかのおおえ》は、前天皇皇極《こうぎょく》（母）、孝徳皇后（姉）、大海人《おおしあま》皇子（弟）らを伴なって飛鳥の河辺行宮《かわべのかりみや》にうつってしまう。難波《なにわ》宮に独り残された孝徳天皇は、翌年、憤怒のうちに病没する。あとに残された子の有間皇子は有力な皇位継承者であったから、政治の実権をにぎる中大兄には煙たい存在であった。有間皇子は、怨敵である中大兄の猜疑《さいぎ》からのがれ、あわよくば父帝の無念を晴らすために、狂気をよそおう。シェークスピアの悲劇の主人公ハムレットさながらである。

しかし、そのかいもなく、斉明《さいめい》四年（六五八）、斉明天皇が中大兄らを伴なって紀《き》の国に行幸している間に、有間皇子はまんまと蘇我赤兄《そがのあかえ》の計略（おそらく中大兄のさしがねであろう）にかかって謀反人として捕らえられ、斉明天皇と中大兄が待つ紀の国の牟婁《むろ》の温泉（和歌山県白浜町）に護送される。その途中の磐代《いわしろ》（和歌山県南部《みなべ》町）において、有間皇子は「自ら傷《いた》みて松が枝を結ぶ歌二首」を残した。一九歳であったという。ここに挙げたのはそのときの一首で、我が国の辞世の初めともいうべき歌である。

有間皇子は逃れられぬ死を前にして、松の枝を結び、歌を詠んだ。松の枝を結ぶのは旅の安全を道の神にいのる風習である。「引き結び」と「真幸く」の切れ目に生じる一呼吸に生と死の深い断絶があり、皇子のたとえようもない諦念《ていねん》が感じ取れる。「真幸くあらば」は、幸運にも罪が赦されたなら、の意である。

有間皇子が詠んだもう一首は「家にあらば笥《け》に盛る飯《いひ》を草枕《くさまくら》旅にしあれば椎《しひ》の葉に盛る」であった。椎の葉に飯を盛って神への供物《くもつ》としたのである。この皇子の祈りは、のちに悲劇的なかたちで叶えられることになる。中大兄じきじきの尋問を受けた有間皇子は「天と赤兄と知らむ。吾《われ》もはら解《し》らず」とのみ答え、再び磐代の地に戻ってくる。しかしそれは、刑場となる藤白《ふじしろ》坂（和歌山県海南市）に向かうためであった。

有間皇子は自らの悲運な魂を松の枝に結んだのである。そして、政治の非を声高に鳴らすことも激情にはやることもなく、淡々として歌に自らの真情をたくした。そのことによって、血なまぐさい陰謀がうずまいた時代の悪を千三百年のちの世にまで呈示することができたのである。『万葉集』を編んだ者たちの思いも、またそこにあったに違いない。

有間《ありま》皇子
（六四〇〜六五八）

孝徳天皇と阿倍倉橋麿《くらはしまろ》の娘小足媛《おたらしひめ》との間に生まれた皇子。父の崩御後、政治的に苦しい立場に置かれ、狂気をよそおうが、中大兄皇子と蘇我赤兄の謀略によって、六五八年、謀反の罪で絞首刑に処せられる。その悲劇は『万葉集』に残された歌二首によって永く語り継がれた。

一四　万葉集

わたつみの豊旗雲《とよはたぐも》に入日さし　今宵《こよひ》の月夜《つくよ》さやけかりこそ

中大兄皇子《なかのおおえ》

斉明《さいめい》七年（六六一）正月、中大兄皇子《なかのおおえ》は唐・新羅《しらぎ》に攻め滅ぼされた百済《くだら》を救援復興すべく、自ら救援軍を率いて難波津《なにわづ》を出航した。老女帝を押し立てた救援軍には弟の大海人《おおしあま》皇子や額田王《ぬかたのおおきみ》なども加えていた。それは遷都にも等しく、国家の命運をかけた軍事行動であった。

瀬戸内海を西下する途中、おそらく兵士や兵糧を徴発するためであろう、播磨《はりま》国（兵庫県南部）の印南《いなみ》（加古川市あたり）に立ち寄った中大兄は、そこで大和三山が妻争いをした話を聞いて、

香具《かぐ》山は　畝火《うねび》ををしと　耳梨《みみなし》と　相あらそひき　神代より　かくにあるらし
古昔《いにしへ》も　然《しか》にあれこそ　うつせみも　妻を　あらそふらしき

と長歌一首を詠んだ。ここに挙げた歌は、その反歌として『万葉集』に採られている。ただし、歌の左注に「反

歌に似ず」と断わっているので、あるいは伊予《いよ》の熟田津《にきたつ》へ向かう船上か熟田津においてうたわれたものかもしれない。いずれにしても、総司令官中大兄の緊張感がひしと伝わってくる名歌である。

「わたつみ」は海原をいうが、もともと山神（やまつみ）に対して海神を指す言葉であった。軍船の行く手に旗を想わせてたなびいている雲が落日に神々しく染まっている。それを海神の軍旗に見立てて「豊旗雲」と言寿《ことほ》いだのである。西に暮れようとする太陽は高天原《たかまがはら》を支配し、やがて東の空にのぼってくる月は夜の食国《おすくに》を支配している。いずれも伊邪那岐《いざなぎ》命が我が身をきよめるときに生み出した世界を統べる神である。中大兄の歌は、それを「さやけし」の言葉でもって祝福し、渡海の安全と戦勝を祈願したのである。清澄な調べだ。しかも歌柄が大きい。

中大兄は権謀術数をめぐらす冷徹な政治家のイメージがまとわりついているが、その一方、母斉明《さいめい》天皇の豊かな歌才を受け継いで、先に挙げた大和三山の歌や鏡王女《かがみのおおきみ》との相聞《そうもん》歌、あるいは朝倉宮（福岡県朝倉町）で急逝《きゅうせい》した斉明天皇の亡骸を前にして「君が目の恋ひしきからに泊《は》てて居てかくや恋ひむも君が目を欲《ほ》り」とうたった歌など、時にはユーモラス、時には真情あふれる切々たる秀歌を残している。

中大兄の軍事行動は、天智《てんぢ》二年（六六三）、白村江《はくすきのえ》の大敗で挫折する。その戦後対策をからめて挙行された近江《おうみ》遷都は、蒲生野《がもうの》の遊猟をはじめ、しばしば宴の場を提供して、初期万葉時代の精華ともいうべき額田王の名歌を生み出すことになる。

中大兄《なかのおおえ》皇子

（六二六〜六七一）

葛城《かつらぎ》皇子、開別《ひらかすわけ》皇子とも呼ばれ、舒明《じょめい》天皇と皇極《こうぎょく》（斉明）天皇との間に生まれた。天武《てんむ》天皇の同母兄。六四五年、中臣鎌足《なかとみのかまたり》と結んで蘇我《そが》本宗家を倒し、天皇中心の中央集権国家建設を急いだ。六六三年の白村江の敗戦後、近江遷都を挙行。六七一年、近江宮で崩御する。

一五　万葉集

熟田津《にきたつ》に船乗りせむと月待てば潮もかなひぬ今は漕《こ》ぎ出《い》でな

額田王《ぬかたのおおきみ》

斉明天皇《さいめい》を押し立てて瀬戸内海を西下した百済救援軍《くだら》は、伊予《いよ》（愛媛県）の熟田津に至り、石湯行宮《いわゆのかりみや》に二か月ほどとどまっている。近くに道後温泉《どうご》があり、老齢の斉明天皇の湯治についやしたとも考えられるが、何せ国運を賭した戦いを前にしてのことである。中大兄皇子《なかのおおえ》はここで瀬戸内の水軍を徴発していたと思われる。

水軍の調達を終えた救援軍は、前線基地である那大津《なのおおつ》（博多港）に向かうため、満月の夜の大潮に乗って軍船を沖に漕ぎ出し、そこで夜明けを待つことになる。額田王《ぬかたのおおきみ》の歌はその進発を告げるもので、『万葉集』中、屈指の名歌として知られている。それだけに何かと問題の多い歌でもある。

歌の詞書《ことばがき》には「額田王の歌」と作者を明記してあるが、その左注に引かれた山上憶良《おくら》の「類聚歌林《るいじゅうかりん》」以来、斉明天皇の御製かと疑われてきた。しかし、百済救援軍が熟田津にあったとき、女帝はすでに六八歳の老齢であり、半年後には筑紫《つくし》の朝倉宮に急逝《きゅうせい》している。とても、これだけの歌を詠む気力があったとは思われない。『万葉集』には、この他にも天皇御製とする額田王の歌二首が採られている。いずれも天皇に代わって額田王がうたったものと思われる。ここは率直に詞書に従って、額田王の歌としておこう。

問題は熟田津の場所である。「類聚歌林」は斉明天皇一行が「熟田津の石湯行宮」にとどまったとし、名高い道後温泉（伊予の湯の宮）と明確に区別している。道後温泉は内陸にあるので、そこに近い海岸に石湯行宮があったとも考えられるが、あるいは燧灘《ひうちなだ》に面した海岸に熟田津を想定できないこともない。西条《さいじょう》市には石湯行宮の旧跡地とされる石湯八幡宮が残るし、伊予の国府《こくふ》が置かれたのは越智《おち》郡（今治《いまばり》市）で、ここには有力な水軍をもつ豪族越智氏がいた。一方、松山市あたりの海岸では月は道後温泉の背後の山からのぼることになる。額田王の歌は海から月がのぼるイメージなので、東に海の開けた地に熟田津を考えてみたい気がするのである。高縄《たかなわ》半島の東岸なら、来島《くるしま》海峡を前にしての潮待ちも必要になる。

ともあれ、はるかな宇宙の月と地球の海が額田王の歌によって感応し、そこに「今は漕ぎ出でな」という厳かな命令が発せられる。渡海の安全と救援軍の出陣を言寿《ことほ》いで見事である。おそらく、この歌を詠んだ額田王には先に中大兄が「さやけかりこそ」とうたった歌が意識されていただろう。しかし、この額田王の歌をもってしても二年後の白村江《はくすきのえ》の敗戦をまぬかれることはできなかったのである。

額《ぬか》田《たの》王《おおきみ》
（生没年不詳）

鏡《かがみ》王の娘。若い頃、大海人《おおしあま》皇子（天武《てんむ》）との間に十市《とおち》皇女をもうけた。十市皇女は、天智《てんち》天皇の皇子で近江《おうみ》朝を継いだ大友皇子の妃となっている。額田王は斉明天皇を押し立てた百済救援軍に従い、のちに天智天皇の後宮に入った。『万葉集』に一三首の歌が採られている。

一六

万葉集

われはもや安見児《やすみこ》得たり皆人の得難《えがて》にすとふ安見児得たり

中臣鎌足《なかとみのかまたり》

『万葉集』四千五百余首のうちに、恋の歓喜をうたった歌は驚くほど少ない。以来、日本人は恋といえば、その苦しさ、はかなさをうたいつづけてきた。現代の流行歌にしても例外ではない。そんな日本の伝統の中にあって、鎌《かま》足《たり》は美しい采女《うねめ》安見児を得た喜びを得意満面、あけっぴろげにうたっているのである。

采女は地方豪族の女を人質のようなかたちで天皇の後宮に奉仕せしめたもので、雄略《ゆうりやく》天皇のころから始まったとされている。采女は天皇の他には何人もこれと通ずることが許されず、禁を破れば厳罰に処せられた。その采女を天智《てんぢ》天皇からゆずられたのであるから、鎌足の得意満面も分かろうというものである。鎌足は先に鏡《かがみ》王女もたまわっていて、その相聞歌《そうもん》も『万葉集』に残されている。

玉《たま》くしげ三室戸《みむろと》山のさなかづらさ寝《ね》ずはつひにありかつましじ

鎌足といえば、大化の改新の企画立案者であり、第一の功労者であった。改新後は内臣《うちつおみ》として皇太子中大兄《なかのおおえ》の陰にぴったり寄りそい、天皇を頂点にいただいた律令国家の形成をすすめ、その遺志は子の不比等《ふひと》に受け継がれて、現代にまで至る日本の政治の骨格がつくり上げられた。千年先を見通した政治家と言えようか。

鎌足は冷徹にして緻密な陰の策略家のイメージがつきまとう。大化の改新以来、中大兄皇子と共に数々の陰謀をめぐらしたが、内臣として、決して表に顔を出さず、あくまで裏の人に徹した。その鎌足に対して、天智天皇は鏡王女を下げ与えたばかりか、評判の高い采女までゆずったのである。鎌足が死の床についたときには、弟大海人《おおしあま》皇子をつかわして大織冠《だいしょくかん》と「藤原」の姓名《うじな》を与え、その多大な功績をたたえている。

鎌足の歌は采女をゆずられた宴席での即興かと思われる。二句と結句に「安見児得たり」と繰り返す形式の歌は、宴席の笑い声と鎌足の幸運をうらやむ溜息の中で唱和されたに違いない。歓びを率直にうたって鎌足の思いがけぬ一面を見せてくれる歌だが、それだけに暗い策士のイメージが鎌足のおどけた声の背後にいっそう濃く立ちこめてくるのである。

鎌足に始まる藤原氏は、律令国家の下、天皇家と婚姻を結び、女性の力と政治的陰謀を駆使して権力闘争を勝ち抜き、のちには摂関政治なるものを打ち立てていく。それを考えると、『万葉集』に採られた鎌足の恋の歌二首がいずれも政略がらみのものであることは、意味深長であると言わねばならない。

中臣鎌足《なかとみのかまたり》
（六一四～六六九）

中臣氏は神と人の間にあって祭祀を司る氏族。鎌足は初め軽《かる》皇子（孝徳）に近づき、さらに中大兄皇子（天智）と手をたずさえて大化の改新をなしとげ、内臣として活躍する。六六九年、五六歳で没した。死の前日に藤原の姓を授かっている。この姓は不比等に受け継がれた。

一七 万葉集

あかねさす紫野《むらさきの》行き標野《しめの》行き野守《のもり》は見ずや君が袖《そで》振る

額《ぬか》田《たの》王《おおきみ》

天智《てんち》六年（六六七）に近江《おうみ》遷都がなされた翌年、中大兄《なかのおおえ》皇子は二三年にわたる皇太子・称制の時代に終止符を打って即位し、天智天皇となる。その年の五月五日、天皇以下諸王群臣がきらびやかに装って大津京（滋賀県大津市）の対岸に広がる蒲生野《がもうの》で遊猟した。天智天皇の治世のよろしきを誇示し、近江遷都と天皇即位を祝賀する盛大な国家行事であった。その宴の席で額田王《ぬかたのおおきみ》が大海人《おおしあま》皇子にうたいかけた歌である。

「あかね」は朱色の染料に使われる植物で、赤味がかった古代紫に掛かる枕詞《まくらことば》となっている。「紫野」は紫色の染料となる紫草の生えている野をいう。そこが御料地（標野）とされ、管理人（野守）が置かれていたのである。

あでやかな紫のイメージに「の」「ゆき」の流麗な音を重ねて「君が袖振る」情景へと導いていく額田王の手練手管は、完璧である。袖を振るのは求愛のしるしであった。居並ぶ諸王群臣たちは二人がかつて恋し合う仲であったことを知っているから、やんやの喝采を浴びせたに違いない。「君」と呼びかけられた大海人皇子の応答歌と共に、日本人に最もよく知られた恋の歌と言ってよいだろう。

額田王は初め大海人皇子の妻となって十市皇女《とおちのひめみこ》をもうけている。だが、蒲生野遊猟のときには、すでに年齢も三十半ばになっていて、天智天皇の後宮の人であったらしい。これは天皇が権力にものを言わせて弟の妻を奪い取ったというよりも、多分に政治的なかけひきから出たものと思われる。

有間《ありま》皇子の謀反から百済《くだら》救援軍派遣にいたる内外緊迫のおり、大海人皇子の協力を必要とした中大兄皇子は大田、讃良《ささら》の二皇女（のちに二皇女を加えて四皇女）を弟に与えている。そのとき暗黙の盟約として、大海人は中大兄に額田王をゆずったのではあるまいか。しかし、中大兄が大津宮に即位すると、その後継者をめぐって兄弟の間にさざ波が立ち始める。

そんな危ない三角関係にありながら、「野守は見ずや」と満座の中でうたいかけた額田王の真意は奈辺にあったのだろうか。宴席の戯《ざ》れ歌めかして、かつての恋人に思いのたけを伝えようとしたのか。しかし、この歌は『万葉集』巻一の雑歌《ぞうか》（公的な行事にかかわる歌）の部におさめられており、私的な相聞歌《そうもんか》としてうたわれたものではない。してみると、蒲生野遊猟の政治的意味を体した額田王が、華やかな宴席で、最高のショーとして座興の恋人役を演じているだけなのか。秀逸な歌は、その謎もまた深いのである。

万《まん》葉《よう》集《しゅう》

全二〇巻、長歌・短歌・旋頭歌《せどうか》など四千五百余首の歌を採録。作者も天皇から庶民まで多様である。時代は仁徳《にんとく》朝から奈良中期に及ぶが、一般に万葉時代といえば、舒明《じょめい》天皇から奈良中期までの約一三〇年を指す。千余年にわたり、日本人の精神的原点となってきた歌集。

一八 万葉集

紫草《むらさき》の匂《にほ》へる妹《いも》を憎くあらば
人妻ゆゑに吾《われ》恋ひめやも

大海人《おおしあま》皇子

蒲生野《がもうの》の宴の席で、媚態《びたい》を含んで妖しく挑発するような額田王《ぬかたのおおきみ》の歌に大海人《おおしあま》皇子が答えた歌である。

「あかねさす紫野」を受けて「紫草の匂へる妹」とうたい返し、禁断の「標野《しめの》行き」に対して「人妻ゆゑに」と応じた大海人皇子の当意即妙は抜群だが、それにしても、「あなたが憎いのなら人妻のあなたを恋したりするでしょうか」とは、大胆不敵なうたいぶりである。額田王をめぐる天智《てんぢ》天皇と大海人皇子の三角関係を承知している宴の席は、再び、やんやの喝采にわいただろう。

だが、かつての恋人同士の歌の贈答に、最高権力者天智天皇は沈黙し、かすかな不快感さえただよわせている。それと気づいて、一瞬、座がしらける。あれはまことに戯《ざ》れ歌であったのか？　ぴったり息の合ったあの歌いぶり……。そんな気配をすばやく察知した鎌足《かまたり》が「お誉めのお言葉を」と天皇に耳打ちする。はっと我にかえった天皇が高笑いを響かせ、歌の出来栄えを誉めると、宴の席にとまどい気味の拍手喝采がもどってくる。

蒲生野の歌からこんな想像をしてしまうのは、おそらく同じ年（六六八）、大海人皇子が宴席で酔って長槍を床に突き刺し、天皇の怒りをかって危うく殺されそうになったとき、鎌足のとりなしで事なきをえた事件が『大織冠伝』に伝えられているからである。大海人皇子と中大兄《なかのおおえ》皇子は白村江《はくすきのえ》の敗戦がもたらした危機を一致協力してしのぎ、天皇中心の律令国家建設をすすめてきたが、中大兄皇子の天皇即位のあと、その後継者をめぐって大海人皇子にうつうつとした不満が蓄積されていたのであろう。

しかし、その翌年（六六九）、両者の仲立ちとなっていた鎌足が亡くなると、兄弟の確執は危機的な状況におちいる。天智十年（六七一）正月、天皇は我が子大友皇子を太政大臣にして後継者をそれとなく示し、大海人皇子は政権の中枢から浮き上がってしまうのである。同じ年の秋、天智天皇が病の床につく。回復の見込みがないと察した天智天皇は大海人皇子に皇位をゆずるともちかけるが、その言葉に疑いをもち、身の危険を感じた大海人皇子は出家したいと申し出て、ただちに髪を下ろし、吉野へ落ちのびる。その翌年、壬申《じんしん》の乱が勃発するのである。

額田王と大海人皇子が詠み交わした蒲生野の歌は、そうした歴史を一場の歌物語に凝縮して千三百年後の今日にまで伝えているのである。しかもそれは、古代歌謡と決別した歌となって、我が国の文学の画期を告げるものになったのである。

大海《おおしあ》人《ま》皇子
（六三一？〜六八六）

天智天皇の同母弟で、若いとき額田王との間に十市《とおち》皇女をもうけている。六七一年、天智天皇が崩御する直前に誅殺を怖れて吉野にのがれ、六七二年、壬申の乱で近江《おうみ》朝を打倒して即位した。天皇中心の律令国家建設をめざし、その夢は皇后であった持統《じとう》天皇に引き継がれた。

一九 万葉集

神風《かみかぜ》の伊勢《いせ》の国にもあらましを何しか来けむ君もあらなくに

大伯《おおく》皇女

大伯《おおく》皇女はその生い立ちから政略にもてあそばれた女性である。祖母の遠智娘《おちのいらつめ》は蘇我石川麻呂《そがのいしかわまろ》の娘で、大化の改新を前にして鎌足《かまたり》のはからいで中大兄《なかのおおえ》皇子と政略結婚させられているし、母の大田皇女もまた、政略によって叔父の大海人《おおしあま》皇子にとついでいる。身重ながら夫と共に百済《くだら》救援軍に従った大田皇女は、軍船が大伯《おおく》の海（小豆島の北）に近づいたとき皇女を産んだ。それが大伯皇女である。さらに二年後、前線基地であった那大津《なのおおつ》で弟大津皇子が生まれている。母は幼い姉弟を残して亡くなった。

天武《てんむ》元年（六七二）、吉野を脱出した大海人皇子は天照大神《あまてらすおおみかみ》を望拝して壬申《じんしん》の乱に勝利できたことから、即位の二年に一三歳の大伯皇女を伊勢神宮の斎宮《さいぐう》としてつかわした。以来、天武天皇崩御までの一四年間、大伯皇女は伊勢の神に斎宮として仕えたのである。

その大伯皇女を弟の大津皇子がひそかにたずねてくる。大津皇子は『日本書紀』に「詩賦《しふ》の興《おこ》り、大津より始れり」と記されたように、漢詩はもちろん和歌もよくし、文武にすぐれて父天武天皇に愛されたが、それはとりもなおさず皇后讃良《ささら》の愛子草壁《くさかべ》皇子をおびやかすものであったから、天武天皇が亡くなると、大津皇子の立場はかつての有間《ありま》皇子以上に危険なものになっていた。座して死を待つか、立つべきか。たぶん、大津皇子は伊勢におもむいて、たった一人の姉に決意のほどを打ち明けたのであろう。大津皇子が大和に引き返すとき、大伯皇女は「わが背《せ》子《こ》を大和へ遣《や》るとさ夜ふけて暁露《あかとき》にわが立ち濡れし」と、不安につのる思いをうたっている。

大和にもどった大津皇子は親友の川島皇子の密告により謀反の罪でとらわれ、翌日、漢詩一章と「百《もも》つたふ磐余《いはれ》の池に鳴く鴨《かも》を今日のみ見てや雲隠りなむ」の辞世を残して処刑される。二四歳だった。天武天皇崩御（六八六年九月九日）から一か月足らず、父天智《てんぢ》天皇ゆずりともいえる讃良皇后の冷徹果断な処置であった。

その一か月半後、大伯皇女は任を解かれて大和にもどった。ここに挙げたのは、そのときにうたわれた歌である。最愛の弟を失なった大伯皇女の哀切な気持がひしと伝わってくる。さらに大津皇子の屍《かばね》が二上山《ふたかみ》に葬られたときには「うつそみの人にあるわれや明日よりは二上山を弟世《いろせ》とわが見む」と西の方を仰いで哀傷した。「弟世」は同母弟をいう。『万葉集』に採られている大伯皇女の歌六首は、すべて大津皇子をうたったものだが、いずれおとらず悲運の弟に深い思いを寄せる秀歌である。

大伯《おおく》皇女
（六六一〜七〇一）

母は天智天皇の娘大田皇女で、父は天武天皇である。六六一年、百済救援の軍船が筑紫《つくし》に赴く途中の大伯の海で誕生した。壬申の乱後、伊勢神宮の斎宮として一四年間、伊勢にとどまった。天武天皇崩御後に謀反の罪で処刑された同母弟大津皇子を哀傷する歌六首が名高い。

二〇 万葉集

石《いは》ばしる垂水《たるみ》の上のさわらびの
萌《も》え出づる春になりにけるかも

志貴《しき》皇子

「垂水」は岩場を流れ落ちる水をいう。そのたぎり落ちる水のように言葉が先をあらそって流れ出してくる上の句に、春を迎えようとする性急な歓喜があふれている。それを字余りで受ける下の句に、ゆったりした春の雰囲気がただよう。春の到来を告げて、これにまさる歌はあるまい。島木赤彦《あかひこ》が「万葉集中の秀逸」と評したのも、うなずけようというものである。

歌の詞書《ことばがき》には「懽《よろこび》の御歌」とある。志貴《しき》皇子は天智《てんぢ》天皇の皇子であったから、その地位は天武《てんむ》・持統《じとう》の下でめぐまれたものではなかった。隠忍自重《いんにんじちょう》の一生であったと思われるが、持統三年（六八九）六月に撰善言司《よきことえらぶつかさ》に任じられたことが『日本書紀』に見えている。そのときの「懽」をうたったものなら、六月のことになる。早春の実景を前にした歌ではなく、岩を割って落ちていく滝の上の蕨《わらび》に不遇の我が身を重ね合わせ、思いがけない吉事の到来を春のそれにたとえたとも解せよう。後世にまで目を向ければ、「懽の御歌」は、志貴皇子の子が光仁《こうにん》天皇として即位することの予祝であったと取れなくもない。孫は平安朝を開いた桓武《かんむ》天皇である。以来、日本の皇統は天武系にかわって天智系が受け継ぐことになる。

こんな詮索は余計なことかもしれない。この歌から、率直に、春を迎えた志貴皇子の歓びとみずみずしい季節感を受け取っておこう。

縄文《じょうもん》の昔から自然の恵みに負うところの多かった日本人は、四季の変化にことのほか敏感であった。寒気の中に春のささやかな兆しを見つけて歓び、酷暑の中にかすかな秋の気配を感じて安堵した。自然と一体になることを理想とする日本人にとって、自然とは季節の変化に他ならなかった。季節が変われば人の生活も気持も変わらなければならなかったし、人の魂にしても季節と別のものではなかった。冬は眠っている魂を揺り動かして増殖させる「殖《ふ》ゆ」の時期であり、春は魂の「張る」、夏は魂の「熟《な》つ」時期、秋は「飽き」つまり自然の恵みに魂が満足する時期、というわけである。

四季は人間の魂や感情、社会のリズムと一つになっており、そこに我が身をまかせていることが日本人の安心であり、やすらぎであった。季節の変化を知ることは、その安心の確認でもあった。この精神をさらに精密化したのが今日の歳時記に他ならない。

志《し》貴《き》皇子

（?〜七一六）

天智天皇の第七皇子として生まれた。母は越道君伊良都売《こしのみちのきみのいらつめ》。女帝称徳《しょうとく》天皇のあと、天武系から天智系への皇統の変更を実現した光仁天皇は志貴皇子の子で、桓武天皇は孫にあたる。霊亀《れいき》二年（七一六）に没した。標題の歌を含めて『万葉集』に短歌六首を残している。

二一

万葉集

淡海《あふみ》の海《み》夕波千鳥汝《な》が鳴けば情《こころ》もしのに古《いにしへ》思ほゆ

柿本人麿《かきのもとのひとまろ》

マ行音ナ行音を緩急自在につらねた流麗な調べは人麿《ひとまろ》天性のもので、つくろうとしてつくれる歌ではない。人麿の発した言葉がそのまま、寄せてくるさざなみの音になり、千鳥の声に重なり、夕暮れにたゆとう淡海となって、そこに哀傷の気分が濃く立ちこめる。

淡海（琵琶湖）のほとりには天智《てんぢ》天皇の都があった。「古《いにしへ》」とは、天智天皇の律令国家建設の夢と大宮人の華やかな宴にいろどられた大津京の時代であり、その最後は壬申《じんしん》の乱（六七二）の戦火に包まれている。人麿が湖畔にたたずんでこの歌を詠んだとき、すでに乱より二〇年近くが過ぎていた。

朱鳥《あかみとり》元年（六八六）、壬申の乱に勝利して神ともうたわれた天武《てんむ》天皇が崩御すると、たちまち大津皇子の謀反事件が起こった。持統《じとう》天皇の謀略であろう。同じ年、壬申の乱に敗れた大友皇子ゆかりの園城《おんじょう》寺（三井寺）が大津京跡に創建されている。大友皇子の鎮魂のためであろう。持統三年（六八九）四月、持統天皇が後継者としていつくしんでいた草壁《くさかべ》皇子が若くして亡くなる。その翌春、持統天皇は近江《おうみ》に行幸している（土屋文明《ぶんめい》説）。これも大友皇子の怨霊を鎮めるためであったと思われる。

持統天皇の行幸に供奉《ぐぶ》して人麿も鎮魂の歌を詠んだ。『万葉集』巻一「雑歌《ぞうか》」に「近江の荒都を過る時」として、人麿の長歌一首、反歌二首が採られている。長歌は「ももしきの大宮処《おほみやどころ》見れば悲しも」と結び、反歌は「ささなみの志賀《しが》の辛崎《からさき》幸くあれど大宮人の船待ちかねつ」とうたう。歌の詠まれた辛崎（唐崎《からさき》）の地は、古来、禊《みそぎ》の霊場であった。

冒頭に挙げた歌は『万葉集』巻三「雑歌」に見えているものだが、おそらく同じ時に詠まれたものであろう。「夕波千鳥」は夕暮れの湖面を群れ飛ぶ千鳥である。倭建《やまとたける》命の魂が白鳥となって天のかなたに飛び去ったように、鳥は死者の霊魂と観念されていた。だからこそ、夕波千鳥の鳴く声は壬申の乱にまつわる数知れぬ死者の霊魂を想わせ、人麿の心をしきりに「古」へと向かわせる。視覚と聴覚の世界が人麿の言葉を媒介にして妖しく呼応し、人麿の魂と溶け合って、「古」と今が一つになり、夕暮れ時の不安な闇に立ち現われてくるのである。

廃都に立って華やかな昔を思い、亡き人々の晴れ姿を思うことは、何よりの鎮魂である。しかも、変転きわまりない人事の向こうに永遠に変わることのない淡海を置くことによって、その効果はいっそう強められる。

柿本人麿《かきのもとのひとまろ》・一
（生没年不詳）

柿本氏は第五代孝昭《こうしょう》天皇の皇子天足彦国押人命《あまたらしひこくにおしひと》を祖とし、敏達《びだつ》天皇のとき、家の門の傍らに柿の木があったことから「柿本」を氏名とした。持統・文武《もんむ》天皇の時代を中心に活躍する。晩年、石見《いわみ》国に地方官として赴き、死に臨んで「自ら傷みて作れる歌一首」を詠んでいる。

二二　万葉集

東《ひむかし》の野にかぎろひの立つ見えて
かへり見すれば月傾きぬ

柿本人麿《かきのもとのひとまろ》

持統《じとう》六年（六九二）冬、軽《かる》皇子の安騎野《あきの》遊猟があった。安騎野は飛鳥の東、山を越えた奈良県宇陀《うだ》郡にあり、持統天皇の愛子草壁《くさかべ》皇子がここで華やかな遊猟を催した形見の地でもある。草壁皇子を亡くした持統天皇は、その子軽皇子に即位の夢を託し、諸王群臣うちそろう遊猟の場で、幼い愛孫が正統の皇位継承者であることを強く天下に印象づけようとしたのである。そうした持統天皇の政治的な思わくに応えて、柿本人麿《ひとまろ》は安騎野で「やすみしし吾《わご》大王高《おおきみたか》照す日の皇子《みこ》」に始まり、「古《いにしへ》思ひて」と結ぶ長歌一首を詠み、さらに短歌四首を連作している。ここに挙げた歌はその一つである。

長歌に「み雪降る阿騎《あき》の大野に」とあるから、翌朝の安騎野は狩に願ってもない一面の雪野であっただろう。その凍《い》てつくような寒気の中、東の空がようよう明るくなって、大気が淡く七色にきらめく「かぎろひ」が立つ。居並ぶ者たちは息をのんで立ちつくす。その、まさに昇って来ようとする太陽に拮抗《きっこう》するようにして、西の空には欠けるところのない大きな残月がかがやいている。

安騎野の東には皇祖神天照大神《あまてらすおおみかみ》の鎮座する伊勢神宮があり、かぎろひの中に昇ってくる日輪は先年亡くなった日並《ひなみし》皇子(草壁)に他ならない。そして、人麿が振り返った西には飛鳥の都があり、空にかかる月輪は持統の夢、軽皇子というわけである。人麿はありし日の草壁皇子を荘厳にうたいあげ、それを幼少の軽皇子に重ね合わせて、女帝の期するところに見事にこたえたのである。

人麿は天武《てんむ》天皇のとき「朝臣《あそん》」の姓を与えられた中小豪族の出身だが、その歌の才を持統天皇に見出され、宮廷歌人として活躍した。伝統の歌詞、独自の歌詞を自在にあやつり、それを流麗な声調の中にちりばめて、数多くの皇室賛歌を詠んだ。それは権力におもねる御用歌人の作品の域を超えて魂をゆさぶる歌となり、相聞《そうもん》歌や旅の歌と共に、今も多くの人に愛唱されている。律令体制が整った大宝元年(七〇一)のころから人麿は宮廷歌人としてうたうことを止めたようだが、地方官人として生きながら、なお自らの歌をうたいつづけた。

日月をあわせ詠む歌は、先に中大兄《なかのおおえ》皇子の西征途中の歌がある。その入日の海をうたった清澄な調べに対して、人麿の歌は時空を反転させた暁の雪野であり、清冽にして力動感にあふれている。はるかのち、蕪村《ぶそん》はさらに時空を反転させて「菜の花や月は東に日は西に」の耽美的な句をものしている。

柿本人麿《かきのもとのひとまろ》・二

(生没年不詳)

『万葉集』屈指の歌人で「歌の聖《ひじり》」と呼ばれ、長歌一九、短歌七〇、他に「柿本人麿歌集」を残す。高市《たけち》皇子への挽歌《ばんか》をはじめ雄渾《ゆうこん》な長歌に優れ、また激しく魂をゆさぶる抒情歌を詠んだ。行幸の際の儀礼歌や皇子・皇女への献歌が多く、宮廷歌人的な存在でもあった。

二三　万葉集

春過ぎて夏来《きた》るらし
白妙《しろたへ》の衣ほしたり天《あま》の香具《かぐ》山

持統《じとう》天皇

持統《じとう》天皇は大化の改新の年に生まれ、鸕野讃良《うののささら》皇女と呼ばれた。母は遠智娘《おちのいらつめ》である。一三、四歳のころ、叔父である大海人《おおしあま》皇子にとついだ。皇族の女は臣下に嫁すことがむつかしく、いきおい皇族内結婚が多くなるのだが、彼女の場合は半島情勢の不安に対して、父の中大兄《なかのおおえ》皇子が弟大海人皇子の協力を得るための政略結婚の色彩が濃かった。

百済《くだら》救援軍には夫と共に加わって筑紫《つくし》の陣中で草壁《くさかべ》皇子を産み、夫が吉野に出家したときも行動を共にしている。壬申《じんしん》の乱に勝利したのちは即位した夫天武《てんむ》天皇を補佐し、夫亡きあとは自ら即位して持統天皇となり、父天智《てんぢ》の理想であった「天皇を最高権威とする律令国家建設」をめざした。その集大成ともいうべき大宝律令を全土に頒布した大宝二年（七〇二）、持統天皇は崩御した。その生涯は日本の律令国家形成期にぴったり重なっている。

持統八年（六九四）、持統天皇は藤原京《ふじわら》に遷都している。大和三山を包み込み、東西五・三キロ、南北四・八キロもあって、のちの平城京をしのぐ広大な都である。藤原京の造営は、律令国家にふさわしい新都を望んでいた亡き天武天皇の遺志の実現でもあった。

持統天皇の歌は、その藤原京で詠まれたものである。宮殿の東には香具山があった。その山すそに白妙の衣が干してある。「白妙」は栲《たえ》の繊維で織った白い布をいう。折口信夫《おりぐちしのぶ》はそれを早乙女《さおとめ》の禊《みそぎ》の衣だとしているが、ともあれ、深緑の中に夏を告知する鮮やかな白が見えたのである。持統天皇は、その光景をおのずからなる声でうたった。しかもそれを「天の香具山」と結んで、歌は神代をさえ想わせるものになっている。ここには、改新以来の血なまぐさい動乱の翳《かげ》はなく、自然と一つになった大女帝の澄んだ心境がある。

万葉人が聖なる山として飽きることなく歌に詠んだ「天の香具山」は、その名から天にも届くような高峻な山を想像したくなるのだが、現実の香具山はささやかな丘に過ぎない。斉明天皇《さいめい》が「漲《みなぎら》ひつつ行く水の」とうたった飛鳥川にしても、ありふれた小河川である。

古来、日本人が崇拝してきたのは自然であった。自然を至上のものと見なし、人間と自然の秩序が一つに溶け合うことを理想としてきたのである。しかし、その自然は、荒々しい、むきだしの自然ではなく、人間の生活と調和したおだやかな自然であった。繊細な季節感も、その中でつちかわれた。季節が変わるとき、人の衣服も気持も変わる。そうした自然との一体感を確認することが日本人の安堵感、やすらぎを保証したのである。

持統天皇《じとう》（六四五〜七〇二）

天智天皇の第二皇女、母は蘇我倉山田石川麻呂《そがのくらやまだいしかわまろ》の娘遠智娘。六七一年、大海人皇子（天武）と吉野に逃れ、壬申の乱でも行動を共にした。乱に勝利して即位した天武天皇を助け、その崩御後は自ら即位して律令国家建設に尽力、大宝律令を施行した七〇二年に五八歳で崩じた。

二四 万葉集

しきしまの倭《やまと》の国は事霊《ことだま》のさきはふ国ぞま幸《さき》くありこそ

柿本人麿《かきのもとのひとまろ》歌集

『万葉集』巻十三に採られたこの歌が、日本は「言霊のさきはふ国」、すなわち言葉の霊力が活発にはたらく国にしてしまったと言ってもよかろう。「倭」は大和・日本とも表記された。

大宝元年（七〇一）、朝廷は大宝律令の制定を期して遣唐使を出すことになったが、暴風雨のために失敗、翌年、再出発となった。その渡海安全を祈った歌である。「柿本人麿《ひとまろ》歌集」より『万葉集』に採られた歌だが、人麿の歌とする確証はない。

「事霊」は、「言霊」に同じである。古代の人々にとって、「事」と「言」は決して別のものではなかった。『万葉集』巻十二に作者不詳の歌として採られている「人妻に言ふは誰《た》が事さ衣のこの帯解けと言ふは誰が言」も、いまだ「事」と「言」の分化していない意識を背景にして詠まれた歌である。もともと、物事の生起することと言葉の発現は一つだったのである。

ここに挙げた歌に先立って「葦原《あしはら》の　瑞穂《みづほ》の国は　神ながら　言挙《ことあげ》せぬ国　しかれども　言挙ぞ吾《わ》がする」に始まる長歌が詠まれている。日本は神のおぼしめしそのままの国であるから言葉に出して言わなくても首尾よくいく国であるが、私はあえて言挙げして航海の無事を祈る、というのである。先の渡海に失敗しているだけに、この呪歌を詠む者にも、聞く者にも、切実なものがあっただろう。

神の名に付けられる「命《みこと》」は御言《みこと》である。言葉は神の意志そのものであって霊妙な力をもつからこそ、みだりな発言を「言挙げ」として禁制したのである。あの倭建《やまとたける》命にしてからが、伊吹《いぶき》山の神に言挙げした咎《とが》により、その命を失なうに至ったとされている。だが言挙げの禁制は、時として、大勢に逆らう異見を封じ込める働きもした。現代でも、日本は言挙げすることを何となくはばかる国であり、自らの考えを言葉で説明しようとしないことが国際社会で無用の誤解や摩擦を生む原因にもなっている。

『万葉集』において言霊の威力を存分に発揮した人麿は、のちに「歌の聖《ひじり》」とあがめられ、歌の神ともなって数多くの伝説を生み出した。人麿が「天《あま》ざかる夷《ひな》の長道《ながぢ》ゆ恋ひ来れば明石《あかし》の門《と》より大和島見ゆ」と詠んだ「明石の歌」は、海難防止にあたって、神呪・陀羅尼《だらに》にまさると信じられ、渡海使節は難所にさしかかると、この歌を詠むのをつねとしていた。今日に至っても、人麿刑死説など、その伝説化の力は少しも衰えていないのである。

柿本《かきのもとの》人麿《ひとまろ》歌集

「柿本朝臣人麿之歌集に出づ」として『万葉集』にしばしば引用されている。歌の総数は三七〇首、うち長歌二、短歌三三三、旋頭歌《せどうか》三五を数える。人麿の作品だけを集めた私家集ではなく、当時の伝承歌や人麿に近い人々の作品なども多数含まれていて、謎の多い歌集である。

二五 万葉集

いづくにか船泊《は》てすらむ安礼《あれ》の崎《さき》
こぎたみゆきし棚《たな》無し小舟《をぶね》

高市黒人《たけちのくろひと》

高市黒人《たけちのくろひと》は旅の歌人である。『万葉集』に一八首の歌を残すばかりだが、旅の不安な心理をうたった秀歌が少なくない。この歌も、大宝二年（七〇二）、持統《じとう》太上天皇が崩御の直前に三河国（愛知県東部）に行幸したおり、それに供奉《ぐぶ》してうたわれたものである。

「棚」は舟の安定のために舷側《げんそく》に装着された板をいう。だから、棚を欠く小舟は波にゆられて不安定である。「いづくにか船泊てすらむ」というのだから、もう夕方も近いのであろう。古代に異郷を旅することは多くの危険がともなった。魂はいやでも不安になり、動揺する。加えて、魂の浮遊しやすい夕暮れを前にしたころである。その不安な旅人の心理が、安礼の崎を廻って消えていこうとする棚無し小舟に投影されて、見事である。

安礼の崎のアレは神の出現を意味する言葉である。また、海上に突き出た「崎」は神の領域とされていて、「御」

を付してミサキと呼ばれる。ミサキは神の御先《みさき》でもある。防人《さきもり》が崎守を意味しているように、「崎」は国土防衛の上からも重要の地であった。だからこそ、太上天皇に供奉した黒人は「安礼の崎」を歌に詠み込まなければならなかったのである。

黒人は歌に地名を多用した歌人である。『万葉集』に残された一八首のうち、地名が詠み込まれていないのは巻三の「羇旅《たび》の歌八首」に見える「旅にして物恋しきに山下の朱《あけ》のそほ船沖へ漕ぐ見ゆ」のみだが、これとて「山下」を地名と考えられぬことはない。旅の歌に地名は欠かせなかったのである。

旅行中の思いがけぬ災難を避けるには、峠、岬、川といった自然の境界を越えるとき、その土地を支配している神を言寿《ことほ》ぎ、充分に敬意を表しておかなければならない。地名と神名はもともと一つのものであったから、地名を歌に詠み込むことが、すなわち神に敬意を表わすことだったのである。歌に詠まれることによって、その土地の神霊が歌にやどる。天皇の行幸なら、歌を奏上することは、天皇がその土地の神霊（国魂）を身に帯びることを意味していた。

地名の中でも、特別の意味があるところ、風光にすぐれているところなどは神霊もまた強力なので、そこを通過するにあたって必ず歌を詠まなければならぬところとされた。それがのちに歌名所となり、歌枕となっていったのである。

高市黒人《たけちのくろひと》（生没年不詳）

持統・文武《もんむ》天皇に仕えた下級官人であったらしく、しばしば天皇の行幸に従い、繊細にして不安な抒情をたたえた旅の歌を数多く詠んでいる。『万葉集』に一八首をとどめているが、いずれも短歌である。そのほとんどに地名が詠み込まれて、清冽《せいれつ》な輝きを見せている。

二六 万葉集

紫《むらさき》は灰《はい》さすものそ海石榴市《つばいち》の八十《やそ》のちまたに逢《あ》へる児《こ》や誰《たれ》

作者不詳

古代、紫は禁色としてその使用が制限されるほど高貴の色であった。ことに紫草から得られる赤味がかった紫色は好まれた。紫草の根汁から紫の安定した色沢を得るには、灰を使って媒染する。それもツバキの灰を最上とした。その紫の染色法「紫は灰さすものそ」を序詞《じょし》に採用して海石榴《つばき》（市）の地名を起こしたのである。

この序詞には、もう一つ隠された意味がある。大海人《おおしあま》皇子が蒲生野《がもうの》の宴の席で「紫草《むらさき》の匂へる妹」と額田王《ぬかたのおおきみ》に呼びかけ、『源氏物語』のヒロインが「紫の上」であるように、紫は高貴で美しい女性を形容するものだが、その美貌がさらに匂い立つような色沢を得るには灰（男性）が不可欠だ、と言っているのである。

海石榴市は三輪山のふもとにあって、古代交通の要所であった。北へ山辺《やまのべ》の道、南へ磐余《いわれ》の道、東は伊勢へ、西は河内《かわち》に向かう街道が通じていた。まさに「八十のちまた」である。また、隋《ずい》の使節裴世清《はいせいせい》が大和川をのぼって海石榴市の港に上陸したように、水運の要所でもあった。ために、古くから市《いち》が開かれ、歌垣《うたがき》の場ともなった。武烈《ぶれつ》天皇が鮪《しび》と影《かげ》姫を争ったとされる伝説も海石榴市の歌垣での出来事である。

ここに挙げた歌は『万葉集』巻十二に問答歌として採られている。おそらく歌垣の場で愛用されていた定番の問答歌であろう。

歌垣には若い男女があつまり、これと思う異性に対して、まず男の方から歌を投げ掛ける。「逢へる児や誰」と男が女の名を問うているのは、求愛の意思表示である。それに対して、女は「たらちねの母が呼ぶ名を申さめど道ゆく人を誰と知りてか」と応じている。女の名は近親の者しか知らず、その名を男に明かすことは求婚への承諾を意味した。ここでは「道すがら出会った私に名を問うあなたはどこのどなたですか」と男の名や出自を問うた（承諾した）ともとれるし、そのときの女の表情や歌いぶりによっては男の誘いを軽くいなしてみせただけなのかもしれない。今日でも繁華街で見かけそうな光景である。

言霊《ことだま》のやどる名前を口にすることは、その人の魂を支配することでもあった。この思想は日本人の意識に深くしみこんでいて、相手が自分より目上の人なら、「お父さん」「お母さん」あるいは「部長」「課長」などと呼んで、その実名をあからさまに口にすることを避けようとするし、目下の者に対してはその名を呼ぶのを当然としているのである。

問《もん》答《どう》歌《か》

男女間の短歌による問答はしばしばなされている。歌垣などは、その典型的な例である。甲《か》斐《い》の酒折《さかおり》宮で倭建《やまとたける》命と御《み》火焼老人《ひたきのおきな》がなした片歌（五七七）による問答は連歌の初めとされている。ただし、連歌の直接の起源は尼《あま》と大伴家持《やかもち》による短歌の上句・下句の問答である。

二七 万葉集

人言《こと》を繁《しげ》み言痛《こちた》み己《おの》が世に
未《いま》だ渡らぬ朝川渡る

但馬《たじま》皇女

但馬《たじま》皇女は、父が天武《てんむ》天皇、母が藤原鎌足《かまたり》の娘氷上娘《ひかみのいらつめ》で、異母兄の高市《たけち》皇子の妃となっていた。ところが、皇女は高市皇子の後宮にありながら、同じく異母兄である穂積《ほづみ》皇子と激しい恋におちいってしまったのである。

高市皇子は天武の第一皇子である。壬申《じんしん》の乱にもいち早く近江《おうみ》朝を脱出し、吉野側に加わって目ざましい軍功を立てているが、母が地方豪族の娘であったために皇位からは遠かった。ために大津皇子のような悲運にもみまわれず、持統《じとう》天皇の下で太政大臣となって政界に重きをなしていた。但馬皇女はその妃なのだから、なまなかな不倫ではない。

『万葉集』に皇女の歌は四首見える。いずれも穂積皇子をいちずに恋い慕う歌である。ここに挙げた歌は、詞書《ことばがき》に「但馬皇女、高市皇子の宮に在《いま》す時、ひそかに穂積皇子にあひ、事すでにあらはれて後、作りましし歌」とされる一首である。通い婚が一般の時代ではあったが、皇女は香具山のふもとにあった高市皇子の宮に同居していたのである。高市皇子は持統十年（六九六）に四四歳で没しているから、但馬皇女の恋はそれ以前ということになる。

あっちからもこっちからも皇女を責めさいなむ噂が聞こえてくる。逢瀬もままならない。だが、皇女の思いはつのる。とは言え、皇女は太政大臣の後宮にある身だから穂積皇子が忍んでくるわけにもいかず、思い余った皇女は自ら逢瀬を求めたにちがいない。但馬皇女が何とか思いをとげたその帰途、人目につかぬ夜明け前をえらび、それも橋守のいる橋を避けて、かつて踏み入れたことのない朝の冷たい川に白い素足をつけたのである。何やら不倫の恋で芸能ジャーナリズムに追われるアイドルスターを想わせるシーンである。

皇女が渡った川は藤原京を斜めに流れる飛鳥川であろうか。あるいは泊瀬川《はつせ》（大和川上流）であろうか。中国の七夕伝説を知っていたなら、皇女は目の前の朝川を天の川に、自らを織女になぞらえていたかもしれない。ともあれ、若い恋の情熱と朝川の身を切る冷たさ、たたみかけるように追いかけてくる世間の指弾と皇女の思いつめた行動が、痛いような緊迫感をともなって迫ってくる歌である。

但馬皇女との恋愛事件が原因であったか、穂積皇子は一時、近江志賀《しが》の山寺（崇福寺《すうふくじ》）に追われている。世間の指弾を浴びた恋は高市皇子の死によっても成就されることはなかったらしく、皇女は和銅元年（七〇八）に没し、その亡骸は泊瀬《はつせ》（桜井市初瀬《はせ》）の奥の吉隠《よなばり》に葬られた。

但馬《たじま》皇女
（?〜七〇八）

天武天皇と藤原鎌足の娘氷上娘との間に生まれた。異母兄の高市皇子の妃となり、藤原京内にあった皇子の後宮に入っていたが、異母兄の穂積皇子と不倫の恋に落ちる。和銅元年に没した。標題の歌を含めて、穂積皇子との恋を歌った短歌四首が『万葉集』に採られている。

二八 万葉集

家にある櫃《ひつ》にかぎさし蔵《をさ》めてし 恋の奴《やっこ》のつかみかかりて

穂積《ほづみ》皇子

穂積《ほづみ》皇子は天武《てんむ》天皇の第八皇子として生まれている。母は近江《おうみ》朝にくみした蘇我赤兄《そがのあかえ》の娘である。とは言え、母が中央豪族という出自から、皇子の序列は第五位と高く、朱鳥《あかみとり》元年（六八六）に大津皇子が、持統《じとう》三年（六八九）に草壁《くさかべ》皇子が亡くなると、皇位継承権はさらに上位にすすんだ。

だが、草壁皇子が早世したのちも、我が孫・子に皇位を継がせようとする持統・元明《げんめい》両女帝の執念の前に、有力後継者たちは首をすくめているより他になかった。穂積皇子も身の処し方に余程の配慮が求められていたにもかかわらず、異母妹の但馬《たじま》皇女と突然の恋におちいる。しかも皇女は持統の信任あつい太政大臣高市《たけち》皇子の妃であった。

穂積皇子にとっては、世間をはばかる恋である以上に、危険な恋であった。おそらく、皇子は事が露見し勅勘をこうむって近江の崇福寺《すうふくじ》に追われたあたりで、若い皇女のいちずな恋から身をかわしたにちがいない。何と言っても、和の精神と序列をもっぱらにする社会にあって、恋はその秩序を攪乱《かくらん》する危険な情熱なのである。

以降、穂積皇子は順調な出世をする。大宝二年（七〇二）、持統崩御のおりには二品で作殯宮司《もがり》、慶雲《けいうん》二年（七〇五）には知太政官事となり、翌年、右大臣に準ずる季禄《きろく》を与えられている。但馬皇女の亡くなった和銅元年（七〇八）以降は台閣の主座を占め、和銅八年（七一五）には一品に叙せられ、その年の七月に没した。穂積皇子には忸《じく》怩《じ》たる思いがあったであろう。皇女の思いを受け止めてやれなかった苦い恋の思い出を戯《ざ》れ歌めかしてうたったのが、ここに挙げた歌である。皇子は酒宴もたけなわになると好んでこの歌を誦したという。

人並みに分別をはたらかせ、してはならぬ恋として櫃《ひつ》におさめカギまでかけておいたのに、それでも恋のやつめはつかみかかってきたわい、というのである。「恋の奴」という擬人的表現が何ともユーモラスな歌である。皇子の恋のいきさつを知る酒席の者たちはやんやの喝采であっただろうが、歌を口にする皇子の心にはひそやかな悔恨がうずくまっていただろう。

穂積皇子の歌は『万葉集』に四首、いずれも但馬皇女にかかわる歌である。皇女が亡くなってのち、皇子は泊瀬《はつせ》の谷奥の吉隠《よなばり》にある皇女の墓を見やって悲傷流涕《りゅうてい》し、「降る雪はあはにな降りそ吉隠の猪飼《いかい》の丘の寒からまくに」とうたった。皇子は晩年、『万葉集』屈指の女流歌人大伴坂上郎女《さかのうえのいらつめ》と結婚し、まだ十代だった郎女をこよなく愛したという。

穂積《ほづみ》皇子

（?〜七一五）

天武天皇の第八皇子で、母は蘇我赤兄の娘の大蕤《おおぬ》娘である。政治的に難しい立場にありながら、突然、異母妹の但馬皇女との危険な恋に落ち、一時勅勘をこうむった。皇女と別れてからは順調な出世をとげ、晩年は若い大伴坂上郎女と幸福な結婚をし、和銅八年に没した。

二九 万葉集

み吉野の象山《きさやま》のまの木末《こぬれ》には ここだもさわく鳥の声かも

山部赤人《やまべのあかひと》

吉野川の清流が奇岩を洗って激しく蛇行する吉野宮滝《みやたき》の地には、先史時代からの祭祀遺跡がある。ここは、太古より吉野川の水の女神を祭る聖地であり、雄略《ゆうりゃく》天皇が神遊びをした仙境であるが、何よりも、大津京をのがれた大海人《おおしあま》皇子（天武《てんむ》）が讃良《ささら》皇女（持統《じとう》）と共にここに隠れ、壬申《じんしん》の乱の兵を挙げたところとして格別の意味をもつ地であった。

壬申の乱に勝利して七年後の天武八年（六七九）、天武天皇は皇后以下、草壁《くさかべ》、大津、高市《たけち》、川島、忍壁《おさかべ》、志貴《しき》の六皇子を伴なって吉野に行幸し、再び壬申の乱のような皇位継承の争いが起こらぬよう「千歳《ちとせ》の後に事無からしめむ」誓盟を立てた。このとき天武は「よき人のよしとよく見てよしと言ひし吉野よく見よよき人よく見つ」とうたっている。また持統天皇は、在位中だけでも三一回の吉野行幸をなし、亡夫と共に耐えた苦難を回顧して、たび重なる政治の危機を乗り越えていった。天武・持統の皇統にとって、吉野宮滝はまさに聖地だったのである。

神亀《じんき》元年（七二四）、天武・持統の夢の結晶ともいうべき聖武《しょうむ》天皇が即位する。その翌年、吉野行幸があった。念願がついに叶ったよろこびを聖地に報告したのであろう。それに供奉《ぐぶ》した山部赤人《あかひと》は、「やすみしし　わご大君の　高《たか》知らす　吉野の宮は」に始まる長歌をたてまつっている。ここに挙げた歌は、その反歌の一つである。

「み吉野」という表現に聖地吉野への思いが込められている。象山は吉野川をへだてて宮滝に向かい合った山であり、そのすそを象《きさ》の小川が吉野川へと流れている。「象山のま」は「象山際」と表記されているので、「象山の端《は》」とも訓ずる。「木末」は「こずゑ」とも読める。「ここだ」は「こんなにもはなはだしく」の意である。同じ時に詠まれたもう一つの反歌には「ぬばたまの夜の更けゆけば」とうたわれているので、おそらく夜であろう。鳴いているのは千鳥である。この歌は激しくさわぐ鳥の声がすべてと言ってよかろう。

古来、鳥はあの世とこの世を往来する魂の運搬者であった。淡海《おうみ》を前にした柿本人磨《ひとまろ》が夕波千鳥の鳴く声に触発されて壬申の乱で廃都となった大津京の華やかな昔を回想したように、鳥の声は人の霊魂を呼びもどす。赤人もまた、象山の闇の中に激しくさわぐ千鳥の声から吉野挙兵にまつわる昔を幻想的に呼びさまされたのである。

宮廷歌人赤人は、長歌でもって、聖武天皇の御世の永からんことと吉野の美しい自然を言寿《ことほ》ぎ、その反歌に深い鎮魂の思いをかなでたといえようか。

山部赤人《やまべのあかひと》（生没年不詳）

聖武天皇の時代に専門的歌人として活躍した下級官人で、七二四年の紀伊《きい》行幸、七二五年の吉野・難波《なにわ》行幸、七二六年の播磨印南野《はりまいなみの》行幸、七三六年の吉野行幸に際して詠まれた従駕《じゅうが》歌がある。主情を抑えた叙景歌にすぐれ、『万葉集』に長歌一三首、短歌三七首を残している。

三〇 万葉集

田児《たご》の浦ゆ打出《うちい》でて見れば真白《ましろ》にそ
不尽《ふじ》の高嶺《たかね》に雪はふりける

山部赤人《やまべのあかひと》

新幹線の乗客になって静岡にさしかかると、何とはなしに窓の外が気にかかる。それと気づかぬうちに、視線が富士の高嶺とおぼしきあたりを探っている。まだか、まだか、と思う。突然、真白に雪をかむった高峰が現われる。それを確かめて、ようやく安堵したように視線をもどすのである。天気が悪くて、低く垂れこめた雲が富士山を隠しているときなどは、何か一つ忘れ物をしたような落ち着かなさが残ってしまう。

富士山はまことに不思議な山である。日本一の高さ、夏にも消えぬ山頂の雪、山ふもとにまで懸垂線《けんすいせん》を引いた神々しさ、ゆるぎない安定感、そうしたものをひっくるめて富士山は多くの日本人が愛してやまぬ日本の象徴であり、それに反発する人にとっても気になって仕方のない存在なのである。

富士山に対する日本人の態度を決定づけたのは、『万葉集』巻三に採られた山部赤人《あかひと》の歌であろう。ここに挙げたのは「天地《あめつち》の　分れし時ゆ　神さびて　高く貴き」に始まる長歌にそえられた反歌であるが、共に富士山をうたって、これにすぐるものはあるまい。

詞書《ことばがき》には「不尽山を望《みさ》くる歌」とある。「不尽」は「永遠に尽きることのない山」の意を込めた表記である。「田児の浦」にそえられた「ゆ」は経過地を指す助詞。「打出でて」は、視界をふさがれたところから見晴らしのよいところへ出ることをいう。赤人の前に、不意に、荘厳な不尽の高嶺が出現したのである。

赤人が歌に詠んだ不尽山には藤原鎌足《かまたり》・不比等《ふひと》父子によって完成した天皇制律令国家が二重写しになっている。真白な雪をかむり、「神さびて高く貴き」高嶺は天皇そのものであり、それをピラミッド型の官僚組織がしっかりと支えている。赤人の長歌が「語りつぎ言ひつぎ行かむ不尽の高嶺は」と結んだように、その構図は象徴天皇の現在も変わっていない。

鎌足以降、藤原氏は類いまれな権謀術策と天皇家との血縁強化によって、官僚組織の要を掌握し、長く日本の政治権力を我がものとした。組織や権力を牛耳《ぎゅうじ》ろうとする者はそれを真似《まね》、あちこちに小天皇、小藤原が輩出した。地方には○○富士と称する山が数知れずある。日本人は富士山が好きであり、その形にもっとも安心感を覚える。と言うのも、ピラミッド状に積み重なった組織の総体が日本であり、富士山そのものだからである。赤人の歌は、そうした日本人の組織原理を眼《ま》のあたりにするものであった。

長歌と反歌

万葉時代の歌は「五七」が基本で、これに「七」を加えて終わる。長歌は五七を三度以上繰り返すのに対し、短歌は五七を二度だけ繰り返して、七で結ぶ。公的・客観的な長歌に、私的・主情的な短歌を添えたものが反歌である。長歌は人麿《ひとまろ》・赤人・家持《やかもち》ら専門的な歌人に多い。

三一　万葉集

銀《しろがね》も金《くがね》も玉も何せむに
勝《まさ》れる宝《たから》子にしかめやも

山上憶良《やまのうえのおくら》

何にもまして子供が大事というのである。現代と変わらぬ万葉時代のマイホーム主義者を眼《ま》のあたりにするような歌だが、そのうたわれた事情を勘案すれば、いささか説教くさくもあって道歌のおもむきである。

山上憶良《おくら》は大宝元年（七〇一）の遣唐使に少録《しょうろく》（書記官）として加えられたとき四二歳、無位であった。中年過ぎまで志を得ることなく苦学力行する不遇の人であったが、帰朝後は、その深い学識をもって順調な出世の道をたどる。とは言え、下級官吏の立身は限られていて、五十代半ばにしてようやく従五位下、伯耆守《ほうきのかみ》になったにすぎない。そののち、聖武《しょうむ》天皇の皇太子時代に侍講《じこう》の一人になり、神亀《じんき》三年（七二六）、六十代半ばにして筑前守《ちくぜんのかみ》に任ぜられている。妻子も伴なっての赴任であった。大和から見れば辺境の地ではあったが、「遠の朝廷《みかど》」と呼ばれていた大宰府は大陸文化を受け入れる先進地であった。ここで憶良は、大宰帥《だざいのそち》を拝命した大伴旅人《たびと》の部下となり、文学的交流をもつことになる。

律令国家における国司は天皇の「みこともち（御言持ち）」であり、その任務の一つに、管内を巡察し、父母に対して孝、子に対して義慈をつくすよう教化することがあった。そうした任務をもっていた国司憶良は、筑前国嘉《か》摩《ま》郡の郡庁をおとずれたおり、「子等を思ふ歌」一首（長歌）を詠んだ。これは釈迦如来《しゃかにょらい》の「愛は子に過ぎたりといふこと無し」を序（漢文）に引用して、「瓜《うり》食《は》めば子ども思ほゆ栗《くり》食めばまして偲《しぬ》はゆ……」とうたっている。標題に挙げた歌は、その反歌である。

経歴から見ても、憶良は晩婚の人だったと思われる。子を得たのも老いてからのことらしく、それだけに妻子を思う気持は強く、他の万葉歌人たちが思いつかなかった「家族愛」という題材を歌にしえたのも、民を教化するという以上に切実なものがあったからにちがいない。

憶良の歌を待つまでもなく、古来、日本は子供中心の国であった。無私・無垢《むく》に至上の価値を置く日本人にとって赤ん坊は理想の存在であり、その出生を機に、家族の呼称も赤ん坊から見た呼び名に一変してしまう。父母は「おじいちゃん」「おばあちゃん」に、夫と妻は「おとうさん」「おかあさん」になる。そして赤ん坊の笑顔や泣き声に家族は一喜一憂する。やれ宮参りだ、七五三だと駆り立てられる。子供の数が少ない昨今、この傾向はいっそうはなはだしい。子供は宝というよりも手間のかかる神様なのである。平成の今日、子供一人の養育費は二千五百万円にもなっている。

山上憶良《やまのうえのおくら》（六六〇〜七三三）

父は天智《てんぢ》朝に亡命してきた渡来人《とらいじん》か。遣唐使に参加し、聖武《しょうむ》天皇の東宮《とうぐう》時代の侍講ともなったが、歌人としての出発は遅かった。家族愛や生活苦を歌い、伝統的な和歌の世界に新境地をもたらした。『万葉集』に長歌一一首、短歌六六首、旋頭歌《せどうか》一首を残す。七四歳で死去。

三二 万葉集

生ける者つひにも死ぬるものにあれば今《こ》の世なる間《ま》は楽しくをあらな

大伴旅人《おおとものたびと》

大伴氏は武をもって大和朝廷に仕えた古くからの名門氏族である。大伴金村《かなむら》のあと蘇我《そが》氏に圧迫されて一時勢いを失なうが、大化の改新、壬申《じんしん》の乱に乗じて、再び政界に重きをなしてくる。大伴旅人《たびと》は、そうした一族の期待をになう氏の長者であった。

養老四年（七二〇）、旅人は隼人《はやと》の反乱を鎮圧するため征隼人持節大将軍に任命され、九州に遠征している。さらに、その数年後には大宰帥《だざいのそち》に任ぜられて再び九州に赴くことになる。このとき妻と家持《やかもち》を同道しているが、すでに六〇を超えていた旅人にとって、華やかな平城京を離れて辺境の地に赴くことは意にそまぬことであったにちがいない。

大宰府に着任して間もなく妻を失なう。このとき旅人は「世の中は空しきものと知る時しいよよますます悲しかりけり」と、弔問客に妻を失なった深い悲しみをうたっている。さらに神亀《じんき》六年（七二九）には藤原氏の謀略によって左大臣長屋王《ながや》（高市《たけち》皇子の子）が失脚、不比等《ふひと》の娘光明子《こうみょうし》が皇族でないにもかかわらず皇后に立てられるなど、不比等のあとを継いだ藤原四兄弟が暗躍して中央政界を牛耳《ぎゅうじ》ろうとしていた。大宰府の旅人はうつうつとして楽しまなかっただろう。

大宰府は国土防衛の最前線であると共に、半島や大陸への交通の要所であり、文化的先進地帯でもあった。旅人が着任したとき、筑前守《ちくぜんのかみ》に山上憶良《おくら》がいたし、小野老《おゆ》、僧満誓《まんせい》もいた。そうした文化的雰囲気の中で、旅人は天《てん》平《ぴょう》二年（七三〇）に大宰府の官人をあつめて梅花宴を催すなど、突然のように歌作に精力を注いだのである。

『万葉集』巻三に採られた旅人の「酒を讃《ほ》むる歌十三首」は、その頂点に立つものだった。この讃酒歌の前に憶良の「宴を罷《まか》る歌」一首、「憶良らは今は罷《まか》らむ子泣くらむそを負ふ母も吾を待つらむそ」が置かれているのは示唆的で、この憶良の家庭第一主義に対して、旅人は「あな醜賢《みにくさか》しらすと酒飲まぬ人をよく見れば猿にかも似る」とやりかえしている。旅人は憶良に代表される「験《しるし》なき物思ひ」や「賢《さか》しみ」を排し、ひたすら酒に酔い、風流を愛して現世を享楽すべしとうたった。標題の歌はそうした思想の核心を率直に表明したものである。「楽しくをあらな」は、「を」が強意の間投助詞で、楽しくあって欲しいというのである。

旅人は天平三年（七三一）にようやく帰京がかない大納言に昇進するが、その年の暮れ、一族の輿望《よぼう》むなしく病に没した。『懐風藻《かいふうそう》』には六七歳とある。

大伴旅人《おおとものたびと》（六六五～七三一）

大伴氏の祖は神武《じんむ》東征に従った道臣命《みちのおみ》とされ、古くより武をもって朝廷に仕えた。七二〇年に征隼人持節大将軍となり、隼人の反乱を鎮圧。数年後に大宰帥となり、筑紫《つくし》歌壇の中心となって讃酒歌十三首を詠んだ。『万葉集』に長歌一首、短歌七一首を残す。大伴家持の父。

二三 万葉集

あをによし寧楽《なら》の京師《みやこ》は咲く花の
薫《にほ》ふがごとく今盛りなり

小野《おのの》老《おゆ》

天平《てんぴょう》の栄華を眼《ま》のあたりにするような歌である。奈良の都を言寿《ことほ》いで、これにすぐる歌はあるまい。

標題の歌は小野老《おゆ》が大宰小弐《しょうに》の役にあった天平二年（七三〇）ころに詠まれている。大伴旅人《たびと》が部下の官吏を大宰府の自邸に招いて梅花宴を催したのが天平二年正月のことであるから、その少しあとのことかもしれない。『万葉集』巻三には、老の歌に並べて大伴四綱《よつな》が大宰府の防人《さきもり》司の佑《すけ》であったときの歌「藤波の花は盛りになりにけり平城《なら》の京《みやこ》を思ほすや君」が採られている。おそらく大宰府でうたわれたものであろう。遠隔の地にあればこそ、花の都はいっそうすばらしく、華やかに思えたにちがいない。

「あをによし」は奈良（寧楽・平城）の枕詞《まくらことば》である。「あをに」は青い土《に》を意味するが、万葉仮名では「青丹《に》」と表記してある。小野老がこの歌を詠んだころには、もう枕詞のもとの意味はあやしくなっていて、現在、春日大社や東大寺に見られるごとく、青（緑）と丹（朱）の色も鮮やかな大建築物が建ち並ぶ平城京を言寿ぐ言葉のように受け取られていたのだろう。「薫ふ」も「丹生ふ」から生まれた色彩感覚の強い言葉である。

平城京は藤原不比等《ふひと》の主導により、律令国家の壮大なモニュメントとして、和銅元年（七〇八）に造営が開始された。規模は藤原京にやや劣るが、東西南北に直交する広い道路が整然と通じ、宮殿、大寺院が青丹の色も鮮やかに建ち並ぶ人工都市は、まさに律令国家そのものであった。遷都は和銅三年（七一〇）、以降、七代七十年にわたる都として栄えた。

奈良の都といえば、伊勢大輔《たいふ》が詠んだ「古《いにしへ》の奈良の都の八重桜けふ九重ににほひぬるかな」の歌が有名である。どうしても八重桜が想い出されてしまうのだが、小野老の歌は大伴四綱の歌と並べて採られており、時と場所を同じくして藤の花が詠まれた可能性がつよい。

神亀《じんき》元年（七二四）に聖武《しょうむ》天皇が即位し、神亀六年（七二九）二月には皇親勢力の代表だった長屋《ながや》王が藤原氏の陰謀によって失脚させられている。その半年後の八月五日には神亀を天平に改元し、その五日後には光明《こうみょう》皇后立后の詔《みことのり》が出る。聖武天皇は藤原不比等の孫、光明皇后はその娘であることを思えば、「天平」は鎌足《かまたり》以来、藤原氏の追い求めてきた理想が実現した記念すべき時代だったと言える。その天平二年、小野老が「薫ふがごとく今盛りなり」とうたった奈良の都には藤原氏ゆかりの藤の花がふさわしいのかもしれない。

小野《おのの》老《おゆ》（?〜七三七）

小野氏は柿本氏と同族で、天足彦国押人命《あまたらしひこくにおしひと》を祖としている。天平二年（七三〇）正月、大宰帥《そち》である大伴旅人の邸宅で催された梅花宴に参列した。標題歌を含めて、筑紫《つくし》で詠んだ短歌三首が『万葉集』に採られている。天平九年（七三七）に大宰大弐従四位下で没した。

三四　万葉集

世間《よのなか》を憂《う》しとやさしと思へども飛び立ちかねつ鳥にしあらねば

山上憶良《やまのうえのおくら》

山上憶良《おくら》の名を挙げて、「貧窮問答歌《ひんきゅうもんどうか》」を忘れるわけにはいかない。妻子愛に加えて、老、病、貧をうたい、それまでの『万葉集』になかった独自の境地を開いた憶良が、爆発的に歌作を開始するのは六〇も過ぎて、大宰府で旅人《たびと》の知遇を得てからのことである。そこには、志をいれられず鬱屈していた貧しい前半生や、老境に入りつつあった自らの境遇も少なからず反映していようが、漢文学に親しんだ憶良にとって、歌は何よりも「述志の文学」でなければならなかった。官吏たる者、自らの志を詩歌に記して上司に謹上し、天下国家を正さなければならぬと考えていたのである。

憶良が「貧窮問答歌」を詠んだのは天平《てんぴょう》五年（七三三）のころで、奈良の都は聖武《しょうむ》天皇のもと天平の栄華を誇っていたが、その一方に農民の窮迫があり、行基《ぎょうき》の宗教活動が多くの人たちをひきつけていた。こうした世情をうれえた憶良は、死を前にした七四歳のとき、すでに筑前守《ちくぜんのかみ》を解かれていた身ではあったが、自らの上司に民の悲惨な生活をうたった「貧窮問答歌」を謹上したのである。憶良は官を辞し野に自由を求めてうそぶく態度をよしとしなかった。あくまで「賢《さか》しら」の人であることをやめようとしなかった。律令体制を支える官僚知識人、進歩的文化人憶良の面目躍如といえようか。今日でも、こうした人士は少なくない。

ここに挙げたのは「術《すべ》なきものか世間の道」と結ばれた「貧窮問答歌」の反歌である。憶良は「世の中」を「世間」と表記して「よのなか」と読ませている。憶良の仏教知識の反映であろうが、世間は「出世間」に対比されて俗世界を意識したものである。「やさし」は「痩《や》せる」と語源を同じくする言葉で、ここは身もやせるような気持をいう。我が志を述べたというよりも、華やかな天平時代のただ中から憶良の深い諦念《ていねん》が聞こえてくるような歌である。死の直前、重い病に沈んでいた憶良は、見舞い客の前で涙をぬぐい、悲しみ嘆いて、「士《をのこ》やも空《むな》しかるべき万代《よろづよ》に語り継ぐべき名は立てずして」の辞世を残している。

日本人は、古来、「世の中」を自然のように所与のものとしてとらえてきた。それを人間の力で改革すべきものとは考えず、季節に応じて着衣を変え、生活のありようを変えていくように、どう「世の中」に対応していくかという世渡りが、もっぱらの関心事であった。「鳥にしあらねば」と嘆息する憶良の歌にも、それは見てとれるのである。

天平《てんぴょう》時代

天平は後の元禄《げんろく》・昭和と同じく、長く続いた経済成長の絶頂期に訪れた栄華の時代である。「天平」の年号は七二九年から七四九年まで使われたが、その後も天平感宝《かんぽう》、天平勝宝《しょうほう》、天平宝字《ほうじ》、天平神護《じんご》と七六七年まで継続する。聖武天皇の在位は七二四年から七四九年である。

三五　万葉集

酒坏《さかづき》に梅の花浮《う》け思ふどち
飲みての後は散りぬともよし

大伴坂上郎女《おおとものさかのうえのいらつめ》

坂上郎女《さかのうえのいらつめ》は『万葉集』に最多の歌を残す女流歌人である。短歌に長歌、旋頭歌《せどう》も含めて八五首、なかでも恋の歌がきわだっている。

坂上郎女は初め穂積《ほづみ》皇子にとついでいる。皇子晩年のころで、「寵《めぐ》まるることたぐひなし」という愛され方であったらしく、皇子の但馬《たじま》皇女との悲恋の傷も、若くて才色兼備の郎女によって大いにいやされたにちがいない。皇子が亡くなると、郎女は不比等《ふひと》の子藤原麻呂《まろ》と関係をもつ。また、その前後を明らかにしないが、異母兄の宿奈麻《すくなま》呂《ろ》と結ばれ、二人の間に生まれた坂上大嬢《おおいらつめ》はのちに家持《やかもち》に嫁している。一途というよりも多情多恨の恋多き女であった。

その一方、大宰府にあった異母兄の旅人《たびと》の妻が亡くなると、郎女は筑紫《つくし》にまで下って、名門大伴氏の家刀自《いえとじ》の立場で家政管理にあたり、家持の養育にも心を尽くした。歌人家持の育ての親と言ってもよい人である。

ここに挙げた歌は、『万葉集』巻八に「冬の相聞《そうもん》」として採られている。「思ふどち」は一族の親しい者たちを指す。天平《てんぴょう》九年（七三七）に疫病、旱魃《かんばつ》があって、「禁酒断屠」の詔《みことのり》が出されている。そうした禁制下にもかかわらず、郎女は当時の貴族が舶来の花として愛《め》でた梅の下に一族の者たちを呼びあつめ、風流の酒宴をもよおしたのである。このとき、郎女の歌にこたえて「官《つかさ》にも許し給へり今夜のみ飲まむ酒かも散りこすなゆめ」という歌が詠まれている。作者は大伴一族の者と思われるが、名は伝わっていない。おそらく、特別に許された酒宴であったのだろう。そこでは、亡き旅人の「酒を讃《ほ》むる歌」や梅花宴のことなども懐旧されたであろう。

宴の酒坏に花を浮かべて歓ぶのは古く履中《りちゅう》天皇の時代に先例がある。天皇が磐余市磯《いわれのいちし》池に両股《ふたまた》船を浮かべて遊宴をしていたおり、時ならぬ桜の花が酒坏に落ちて来たのを愛《め》でて、自らの宮を磐余稚《わか》桜《さくら》宮とし、酒を献じた膳《かしわで》臣に稚《わか》桜《ざくら》部《べ》臣の姓を名乗らせたという。郎女は桜にまつわる伝統を舶来の梅にかえて風流をたのしんだのである。

皇族と藤原氏が政界にせめぎあうなかで、旅人を失ない、次第に衰えていく大伴氏をたばねなければならない家刀自の面目躍如するような歌だが、一族郎党をあつめ、風流を尽くせば死んでもかまわぬという豪放磊落《らいらく》ぶりを示す一方、郎女は「いふ言《こと》の恐《かしこ》き国ぞ紅《くれなゐ》の色にな出《い》でそ思ひ死ぬとも」といった歌も残している。その歌と共に魅力の尽きない女性である。

大伴《おおともの》坂上郎女《さかのうえのいらつめ》（生没年不詳）

大伴旅人の異母妹で、家持の叔母にあたる。若くして穂積皇子に嫁ぎ、その没後は藤原麻呂、ついで異母兄の大伴宿奈麻呂の妻となる。大伴宗家の家刀自として幼い家持の養育にも力を尽くした。情熱的な恋の歌を多く詠み、『万葉集』に女流歌人最多の八五首を残している。

三六　万葉集

白珠《しらたま》は人に知らえず知らずともよし
知らずとも我し知れらば知らずともよし

元興寺《がんごう》の僧

この歌は五七七・五七七の旋頭歌《せどう》である。旋頭歌は『万葉集』に六三首を数えるが、そのほとんどは作者不詳とされているので、民謡ふうにうたわれていたものと思われる。

しかし、この歌は元興寺《がんごう》の僧の作らしく学のあるところを見せて、一般の旋頭歌とは少し様子が違っている。「白珠」と「知らず」にシラの音を共鳴させ、それを「よし」で受けて漢詩ふうの韻を踏んでいる。さらに「人」と「我」を対句にしているのも漢詩を意識してのものである。

旋頭歌は前後の句で問答するかたちなのだが、ここでは世にいれられぬ元興寺の僧の繰り言がそのまま歌になっている。その左注にも「元興寺の僧、独り覚《さと》りて智多けれど、もろもろ狎《あな》侮《づ》りき。これによりて、僧この歌を作りて、みづから身の才を嘆くといへり」とある。

日本人はけがれのない純粋無垢の色として白を至上のものにした。白は魂の色でもある。だから、白珠と呼ばれる真珠は最も高貴な宝石として珍重された。その真珠のようなオレの価値を世間のやつらは分からない。妬《ねた》み、そねみ、出る杭を打つ。だが、それでもよい。阿呆な世間のやつらには分からなくてもオレ独りが分かっていれば、それでよいのだ。

こういう繰り言は、万葉の時代ばかりか、いつの時代にも自ら白珠を任じる秀才の口からこぼれ落ちたにちがいない。四二歳まで無位に甘んじた憶良《おくら》も、こんな愚痴をもらしていたかもしれない。「和を以て貴しとなす」「言挙《ことあ》げするな」「長い物には巻かれよ」といった日本的行動原理に協調できない才人には、なかなか出世のむつかしい国である。

歌の詞書《ことばがき》によれば、その名を明らかにしない元興寺の僧が「みづから嘆く歌一首」を詠んだのは天平《てんぴょう》十年（七三八）のことである。その三年前の天平七年には僧玄昉《げんぼう》が唐より帰朝して政治に重用されている。のちには道鏡《どうきょう》の例もある。聖武《しょうむ》天皇が自ら「三宝の奴《やっこ》」と称した時代である。皇族でも藤原氏でもない者にとって、僧侶になることは大切な出世コースだったのである。それだけに、世にいれられぬ元興寺の僧の嘆きは深かったに違いない。

元興寺は、崇仏派の蘇我《そが》氏が物部《もののべ》氏との戦いに勝利して建立した法興寺《ほうこう》（飛鳥寺）に始まる我が国最初の本格的寺院である。養老二年（七一八）には平城京に移され、南都七大寺の一つに数えられた。

旋《せ》頭《どう》歌《か》

万葉時代の歌の基本である「五七」に「七」を加えたものが、片歌「五七七」である。この片歌を問答形式で唱和していたものが、やがて一人によってうたわれるようになり、旋頭歌「五七七・五七七」が生まれたと思われる。『万葉集』には六三首の旋頭歌が残されている。

三七 万葉集

君が行く道の長手《ながて》を繰《く》り畳《たた》ね
焼きほろぼさむ天の火もがも

狭野茅上娘子《さののちがみのおとめ》

『万葉集』中、激しく思いつめた恋の歌をうたって狭野茅上娘子《さののちがみのおとめ》に勝る者はあるまい。その歌は中臣宅守《なかとみのやかもり》との悲恋の歌物語として、『万葉集』巻十五の後半にまとめられている。「目録」によれば、宅守が蔵部《くらべ》の女嬬《にょじゅ》であった茅上娘子と通じたために越前《えちぜん》（福井県東部）に流罪となり、奈良の都に残された茅上娘子と「おのおの慟《いた》む情《こころ》を陳《の》べて」六三首の歌を交わし合ったという。天平《てんぴょう》十年代（七三八〜七四七）初めのころで、うち二三首が茅上娘子の歌である。

ここに挙げた歌は「別れに臨みて娘子の悲しび嘆きて作る歌四首」の一つである。あなたが流されて行く越前までの長い道を手繰り寄せ、折り畳んで焼き尽くしてしまいたい、そんな天の火が欲しい、というのだから、神代を想わせる超人的な恋の情熱である。そんな茅上娘子の激しい恋心に応えて、配所に送られた宅守も「吾妹子《わぎもこ》に恋ふるに吾《あれ》はたまきはる短き命も惜《を》しけくもなし」とうたうのだが、茅上娘子ほどの迫力を欠いている。

一つになろうとする男女が引き裂かれれば、それだけ思いはつのり、恋の炎は燃えさかる。茅上娘子は越前の安《あ》治麻《じま》野にいる宅守に向けて、「魂《たましひ》はあしたゆふべに賜ふれど吾《あ》が胸痛し恋の繁《しげ》きに」とうったえる。あなたの魂は朝夕にいただいておりますが、恋の思いがあまりにしきりなので私の胸が痛みます、というのである。

『古事記』には近親相姦のタブーを犯して流罪となった木梨軽《きなしのかる》太子を伊予《いよ》の国まで追いかけた軽大郎女《かるのおおいらつめ》の歌物語があるし、『万葉集』にも朝川を素足で渡る但馬《たじま》皇女の悲恋物語があって、古代の女性の恋は男をたじたじとさせるほどに激しく積極的であった。いや、それは現代とて変わらないのかもしれない。女は時として恋に命を賭ける。それだけに、恋する女は男に対しても世間に対しても攻撃的にふるまうことになるのである。

だが茅上娘子は、ただ激しく恋心をうったえるばかりではない。天平十二年（七四〇）の大赦《たいしゃ》が行なわれたときのことであろうか。宅守の赦免《しゃめん》される日をひたすら待ちつづける茅上娘子は「帰りける人来《きた》れりと言ひしかばほとほと死にき君かと思ひて」と、可憐な一面を見せるのである。「ほとほと死にき」という率直な表現がすばらしい。このとき宅守は赦されなかったらしく、娘子はさらに、「わが背子《せこ》が帰り来《き》まさむ時のため命残さむ忘れたまふな」ともうたっている。何ともいじらしいのである。

この恋の結末がどうなったか、『万葉集』は何も伝えていない。

狭野《さのの》茅上娘子《ちがみのおとめ》（生没年不詳）

『万葉集』巻十五の目録に「蔵部の女嬬（下働きの女官）」とある。天平十年代初めの頃、中臣宅守と婚したために、理由は定かでないが、宅守のみが勅により越前国配流となった。都に残された娘子は宅守への激しい恋心を二三首の歌に託した。『万葉集』屈指の恋歌である。

三八 **万葉集**

多摩川《たまがわ》にさらす手作りさらさらに
何そこの児《こ》のここだかなしき

武蔵国《むさし》の歌

多摩川は武蔵国《むさし》（埼玉県・東京都・神奈川県東北部）の南部を流れている。「手作り」は白糸を手織りした布をいう。それを多摩川にさらしたのである。ここまでが「さらさらに」を導く序詞《じょし》で、「さらさらに」は「さらに、さらに」の意と水の流れる音を掛けている。

さらさらと小気味よく流れる水音にも似た軽やかな調べだが、その舌になめらかな響きは、この歌が人々の間に口誦《こうしょう》されていたことを示している。それが下の句に至ると、一転して「ここだかなしき」と緊張感をつよめて引き締まり、愛しい女を思うせつない情感がひしと伝わってくる。堅いカ行音の連続も効果的である。

布をさらすのに最適なのは冬の冷たい川水である。女の手は真っ赤になっていただろう。それが手作りの白い布によって強調され、「ここだかなしき」の思いをいっそう強める。「ここだ」は「こんなにもはなはだしく」の意である。

「かなし」を漢字で表記すれば「悲し」よりも「愛し」がふさわしいかもしれないが、これには少し説明を加えておく必要がある。日本語の「かなし」には断念がともなう。国語学者の大野晋は、「かなし」を「前に向かって張りつめたせつない気持が自分の力の限界に至って立ち止まらなければならないとき、力の不足を痛く感じながらも何もすることができない状態」としている。冷たい川水で水さらしをする恋人を前にした男の気持が、それである。単純に「悲し」「愛し」と書き分けられる言葉ではないのである。

『万葉集』巻十四は「東歌」と題して、東国の歌ばかり、二三八首をあつめている。そのうち国名を明示してあるのは九〇首余りで、信濃《しなの》(長野県)、遠江《とおとうみ》(静岡県西部)より東の東山道、東海道の国々である。もともと「あづま」の人々に口誦されてきた歌謡なので、作者名は伝わっていない。標題に挙げた歌の他にも「稲つけば皹《かか》る吾《あ》が手を今夜《こよひ》もか殿の若子《わくご》が取りて嘆かむ」など、農民の生活に根ざした素朴な歌、土の匂いのする恋の歌が多く、また方言も取り入れて、東国に生きる人たちの民謡集といったおもむきである。

皇族や貴族の歌、人麿《ひとまろ》や赤人《あかひと》といった専門的な宮廷歌人のみならず、小役人や僧侶、地方の農民がうたった防人《さきもり》歌や東歌まで加えたことによって、『万葉集』は真に日本民族の古典になったといえよう。以来千三百年、今なお『万葉集』の歌は新鮮であり、私たちの魂をうつ。

東《あずま》歌《うた》

東歌が採録された国名(歌数)は以下のとおりである。常陸《ひたち》国(12)、下総《しもうさ》国(5)、上総《かずさ》国(3)、相模《さがみ》国(15)、伊豆《いず》国(1)、駿河《するが》国(6)、遠江国(3)、信濃国(5)、武蔵国(9)、上野《こうづけ》国(25)、下野《しもつけ》国(2)、陸奥《むつ》国(4)。この他に五首の異伝が記されている。

三九

古今和歌集

あまの原ふりさけみれば春日《かすが》なる
三笠《みかさ》の山にいでし月かも

安倍仲麿《あべのなかまろ》

望郷の歌である。『古今和歌集』巻九「羇旅《きりょ》歌」の冒頭に置かれた歌の左注には、長く唐国にあった安倍仲麿《なかまろ》が、いよいよ帰国するにあたって明州（寧波《ニンポー》）で別離の宴が催されたおり、月を見て詠んだという。

安倍仲麿は養老元年（七一七）に玄昉《げんぼう》、吉備真備《きびのまきび》らと共に留学生として唐に渡っている。二〇歳であった。当時の唐は、青年皇帝玄宗《げんそう》の治世下にあって繁栄の絶頂を迎えようとしていた。仲麿は科挙《かきょ》に合格した唯一人の日本人で、玄宗の覚えも厚く、その子儀王《ぎおう》の学友にも選ばれて、とんとん拍子に官位をすすめていった。その唐名を朝《ちょう》衡《こう》といい、王維《おうい》、李白《りはく》ら盛唐の詩人たちとも交友を深める。仲麿は国際的に通用した最初の日本人と言ってよかろう。

渡唐して一七年後の次回遣唐使で玄昉、真備が帰国し、唐の先進的文化を伝えて朝廷で重きをなすようになる。

あとに残された仲麿は唐の都長安《ちょうあん》で思う存分の活躍をしながらも、次第に望郷の念をつよめていく。だが、玄宗は帰国を許そうとしない。

七五二年、久しぶりに遣唐船がやってきた。大使は藤原清河《きよかわ》、副使は旧知の真備である。仲麿の帰国の意志は一気に高まり、翌年、遣唐使を送る役という名目で、ついに玄宗の許しも下った。仲麿は唐を去るにあたって王維ら年来の友人と詩を詠み交わし、そのあと遣唐船の待つ明州に向かったのである。そこでも別離の宴が催され、標題の歌が詠まれた。

「あまの原ふりさけみれば」は『万葉集』の常套句で、面《おもて》を上げ、眼前の事物にとらわれている魂を宇宙的世界へと大きく解き放つことをいう。その中天に、皓々《こうこう》と輝く満月がある。平城京の東、春日の三笠の山からのぼる月と同じものだ。望郷の念が一気にふくらむ。思わず、仲麿の口から歌がほとばしる。渡唐してすでに三六年、望郷の絶唱である。仲麿がこの歌を漢訳して見送りの者たちに示すと、感嘆の声が上がったという。

明州を出航した遣唐船には、難破による失明の苦難をものともせず渡日をはかる鑑真《がんじん》和尚が、国禁を犯し、ひそかに乗船していた。途中、暴風雨が一行を襲い、真備、鑑真の船は紀伊《きい》半島南部に漂着して何とか日本に到着するが、しかし、仲麿の船は難破し、安南《アンナン》に漂着してしまう。一七〇余名の乗員が現地人に殺されるという惨劇の中、大使清河らと共に命からがら長安にもどった仲麿は、再び玄宗につかえ、七七〇年、ついに異国の土と化したのである。

安倍仲麿《あべのなかまろ》（六九八～七七〇）

安倍船守《ふなもり》の子。二〇歳で入唐して初め仲満と称し、のち朝衡と改めた。晁衡《ちょうこう》とも称した。唐の大暦五年（七七〇）、七三歳で長安に没した。仲麿と同じ帰船に乗って難破した藤原清河も、河清と名を改め、唐に客死している。仲麿の絶唱だけが祖国日本に戻って来たのである。

うらうらに照れる春日《はるひ》に雲雀《ひばり》あがり情《こころ》悲しも独りしおもへば

大伴家持《おおとものやかもち》

『万葉集』に最多の歌四七四首をのこし、『万葉集』の編者ともされる大伴家持《やかもち》の歌である。春愁をうたった秀歌として名高い。詞書《ことばがき》によれば、天平勝宝《てんぴょうしょうほう》五年（七五三）二月二十五日の作である。

天平二十一年（七四九）、大仏建立をすすめていた聖武《しょうむ》天皇は陸奥《むつ》（東北地方）より黄金の出たことに歓喜して詔《みことのり》を発する。その中で、大伴氏の先祖の功にふれて引き続き忠勤を求められたことに感激した家持は、任国越《えっ》中《ちゅう》（富山県）において「詔書を賀《ほ》く歌」をつくり、「海行かば水《み》つく屍《かばね》、山行かば草むす屍、大君の辺《へ》にこそ死なめ」とうたい、「大夫《ますらを》の清きその名」を立てて、武の名門大伴氏の昔の栄光を取り戻そうとふるいたった。

天平勝宝三年（七五一）、家持は少納言に昇進して越中より帰京し、翌年、大仏開眼供養が挙行される。その陰で政治の実権を握っていく藤原仲麻呂《なかまろ》と、橘奈良麻呂《たちばなのならまろ》ら反藤原勢力との暗闘がつづいていた。大伴氏の氏上たる家持も圏外の人ではいられなかった。帰京した家持がしきりに宴席に顔を出していることは、『万葉集』に残されている日記がわりの歌からもうかがえる。家持には人脈づくりや情報収集の思わくがあったのであろう。事を成すにあたって人間関係をもっぱらにする日本の宴会政治は、今も昔も変わらない。

しかし家持は、所詮、政治の人ではない。女性遍歴を重ね、時に感傷や無常感にひたって、どことなくマザーコンプレックスを感じさせる優柔不断の人であり、何よりも文学の人である。いかんともしがたい大伴氏の衰勢と「大夫の清きその名」を立てねばならぬとする葛藤からも、政治の宴席からも、ふと、逃げ出したくなる。

標題の歌の左注には「悽惆《せいちゅう》の意、歌にあらずは撥《はら》ひ難し」とある。痛み悲しむ心は歌でしか晴らしようがない。そこで、この歌をつくったというのである。だが、大伴の名を負う者としてではなく一人の個人となった家持の心は、うららかな春の情景とは一つになれず、むしろ、その憂愁を深めていく。家持は、それを「悲し」と表現したのである。

天平宝字《ほうじ》三年（七五九）正月一日、家持は因幡《いなば》国（鳥取県東部）にあって「新しき年のはじめの初春の今日降る雪のいや重《し》け吉事《よごと》」と新年を言寿《ことほ》ぐ歌をうたった。『万葉集』の最後尾をかざる歌である。こののち家持はうたうことを止めるのだが、「いや重け吉事」の願いとは裏腹に、氷上川継《ひかみのかわつぎ》事件、藤原種継《たねつぐ》暗殺事件に連座、二度までも謀反の嫌疑をかけられるという悲惨な晩年であった。

大伴家持《おおとものやかもち》（七一七?〜七八五）

大伴旅人《たびと》の子で、坂上郎女《さかのうえのいらつめ》の甥にあたる。『万葉集』の編者とも言われている。衰退しつつあった武の名門大伴氏を回復しようと画策するが、延暦《えんりゃく》四年（七八五）、陸奥《むつ》国多賀《たが》城にて没した。死後二〇日余りたって種継暗殺事件の首謀者として除名され、私財も没収された。

四一

万葉集

防人《さきもり》に行くは誰《た》が背《せ》と問ふ人を
見るがともしさ物思《ものもひ》もせず

防《さき》人《もり》歌

『万葉集』の防人歌は、ほぼ巻二十に集中している。これは、天平勝宝《てんぴょうしょうほう》七年（七五五）二月の防人の交替にあたって、兵部少輔《しょうふ》の役にあった大伴家持《やかもち》が東国の防人に歌を上進するように命じ、それを採録したものである。上進された歌は一六六首、そのうち約半数が拙劣な歌として省かれた。それに加えて、家持が防人の心を思いやってうたった長歌四首とその反歌が採られている。

「防人」の表記は『唐六典《りくてん》』によったとされている。「さきもり」の訓は「崎守」を意味しており、防人歌にも「筑紫《つくし》の崎に留り居て」という表現が見えている。白村江《はくすきのえ》の敗戦以来、東国から徴発されて筑紫の防衛にあたった防人は、二〇歳から六〇歳までの正丁《しょうてい》がつとめ、任期三年とされた。任地に家人《けにん》や奴婢《ぬひ》を連れて行くことも許されていた。しかし、それが可能なのは裕福な者に限られていたらしく、防人歌には故郷に残してきた父母や妻子をうたったものが少なくない。

防人をつとめなければならない東国農民の負担は過重であった。それを考慮して、遠い東国からの防人徴発は天平勝宝七年が最後になる。これよりのちは西海道（九州）七国から防人があつめられた。

天平勝宝七年に歌人家持がたまたま兵部少輔であったことは、まことに幸運であったと言わねばならない。民間に伝承された歌ならともかく、八世紀半ばという時代を考えれば、多くの庶民が個人名を名乗って歌を詠んだというのは世界文学史上の快挙だからである。おかげで今日の私たちは、「大君の醜《しこ》の御盾《みたて》」と勇み立つ下野《しもつけ》国（栃木県）の今奉部与曽布《いままつりべのよそふ》や、「母父《あもしし》に言申《ことまを》さずて」旅立ったことを悔いる下野国寒川《さむかわ》郡の川上臣老《おゆ》や、「わが妻はいたく恋ひらし飲む水に影さへ見えて世に忘られず」とうたう遠江《とおとうみ》国（静岡県西部）麁玉《あらたま》郡の若倭部身麿《わかやまとべのむまろ》の妻を想う真情にも、千三百年の時を超えて出会うことができるのである。そればかりか、東国方言の資料まで残してくれた。

標題に挙げた歌は、天平勝宝七年のとき、磐余諸君《いわれのもろきみ》が昔の防人歌として家持に上進したものである。夫を防人に送り出す妻の歌だが、残念ながら作者名は伝わっていない。

「背」は夫をいう。防人に行くのは誰の夫なの、と気軽そうにきいている人を見るのはうらやましい、私の夫は防人に行くのに、というのである。「物思もせず」は、胸もつぶれるような悲しみのために、あれこれ思い悩むことさえできないのである。こうした妻の悲しみは昭和になっても繰り返された。

防《さき》人《もり》歌

八世紀半ばに国境を守って辛苦した防人や家族の歌が、一部とはいえ個人名を記して今日まで残ったのは、大伴家持の存在なくして考えられない。巻十四、巻二十に、長歌一首、短歌九七首を採録している。東《あずま》歌が民謡的な色彩をもつのに対し、防人歌は個人的な色彩が濃い。

四二

新古今和歌集

阿耨多羅三藐三菩提《あのくたらさんみやくさんぼだい》の仏たち
わが立つ杣《そま》に冥加《みやうが》あらせたまへ

最《さい》澄《ちょう》

最澄《さいちょう》は渡来《とらい》系氏族である三津首百枝《みつのおびとももえ》の子として、近江《おうみ》の志賀郡に生まれている。一二歳で出家して近江国分寺にはいり、一四歳で得度する。一九歳のとき東大寺で具足戒《ぐそくかい》を受けたが、俗権と結託して堕落のはなはだしかった奈良仏教をよしとしなかった。受戒して三か月のちには郷里にもどり、比叡《ひえい》山に草庵を結んで厳しい仏道修行にあけくれたという。

延暦《えんりゃく》七年（七八八）、最澄は一乗止観院《いちじょうしかんいん》（のちの根本中堂《こんぽんちゅうどう》）を創建し、そこに自ら刻んだ薬師如来《やくしにょらい》像を安置する。

ここに挙げた歌は、そのおり最澄が詠んだもので、『新古今和歌集』巻二十「釈教《しゃくきょう》歌」の部に見えている。

「阿耨多羅三藐三菩提」はサンスクリット語を音訳したもので、無上正覚《むじょうしょうがく》（この上もなく正しい悟《さと》り）をいう。

大和の国の真言《まこと》である和歌の中に、漢字で表記されたインドの真言《マントラ》を持ち込んで、思いがけない斬新なリズムをつくり出している。仏の絶大な加護を願う最澄の真情がまっすぐ伝わってくる歌である。「わが立つ杣」は比叡山を指している。

延暦十三年（七九四）、桓武《かんむ》天皇は政治の刷新をはかって平安京遷都を断行する。「山河襟帯《さんがきんたい》、自然に城をなす」形勝の地につくられた平安京は、以後千年にわたって我が国の都でありつづけるのだが、その鎮護《ちんご》にあずかったのが都の鬼門に位置する比叡山延暦寺であった。

最澄の存在は、奈良仏教にかわる鎮護国家の新仏教を求めていた桓武天皇の着目するところとなって、延暦二十三年（八〇四）には空海《くうかい》と共に遣唐使に加えられる。渡唐した最澄は、わずか八か月の滞在ではあったが、天台宗のみならず、禅宗、密教など幅広く仏教知識を得て帰国し、その布教と新教団の育成につとめた。延暦二十五年（八〇六）には天台宗が公認され、弘仁《こうにん》十三年（八二二）に最澄が没すると、その七日後に宿願の大乗戒壇の設立が許されている。さらに貞観《じょうがん》八年（八六六）には最澄に伝教《でんきょう》大師の諡号《しごう》が贈られた。

最澄が創建した比叡山延暦寺の後世日本への影響は、歌の呪力を実証するかのように甚大であった。法然《ほうねん》、親鸞《しんらん》、栄西《えいさい》、道元《どうげん》、日蓮《にちれん》といった鎌倉新仏教の開祖たちは、いずれも比叡山に学んでいる。また天台本覚論にいう「山川草木悉皆成仏《しっかいじょうぶつ》」の思想は、森羅万象に神の存在を認める伝統的な自然観と習合して深く日本人の精神にしみわたっていった。

最《さい》　澄《ちょう》
（七六七～八二二）

近江国志賀郡に渡来系の三津首百枝の子として生まれた。一二歳で出家し、東大寺で具足戒を受けたのち比叡山にこもり、延暦寺を創建。渡唐後、天台宗を開いた。後世、延暦寺は日本仏教揺籃の地となる。弘仁十三年、五六歳で没した。のちに伝教大師の諡号が贈られる。

四二 古今和歌集

わたの原やそしまかけてこぎ出《い》でぬと
人にはつげよあまのつり舟

小野《おのの》 篁《たかむら》

小野篁《たかむら》は、嵯峨《さが》、淳和《じゅんな》、仁明《にんみょう》とつづいた平安初期の天皇親政時代（唐風文化の最盛期でもあった）に活躍し、従三位参議にまですすんだ有能な官吏であった。漢詩や和歌にもすぐれ、その異才ぶりは早くから嵯峨天皇の注目するところとなった。『宇治拾遺《しゅうい》物語』には、嵯峨天皇から「子子子子子子子子子子子子」を読めと命じられた篁が、ただちに「猫の子の子猫、獅子の子の子獅子」と読んだとする伝承も残されている。

篁は承和《じょうわ》元年（八三四）、空海《くうかい》、最澄《さいちょう》の渡唐から数えて三〇年ぶりになる遣唐使の副使を任ぜられた。二回渡海に失敗したあとの承和五年（八三八）、篁は大使藤原常嗣《つねつぐ》の専断にいきどおり、指定された船に乗ることを拒否したばかりか、遣唐使を風刺する詩までつくってしまうのである。これが嵯峨上皇の怒りをかい、篁は官位を剥奪されたうえ隠岐《おき》島（島根県）へ配流となってしまった。ほとんど死刑が行なわれなかった平安朝にあって、遠流《おんる》は極刑といってよい。

ここに挙げたのは、そのときの歌である。「わたの原」は海原、「やそしま」は八十島で、多くの島をいう。『古今和歌集』に採られている歌の詞書《ことばがき》には「おきのくにになかされける時に、舟にのりていでたつとて、京なる人のもとにつかはしける」とある。「京なる人」は嵯峨上皇にゆかりの人であったかもしれない。

承服しがたい罪に服さねばならぬ者が自己の真情を歌に託すということは、早く有間皇子《ありま》の例がある。篁の歌もその系譜につらなる。事なかれをもっぱらにする官吏の中にあって、自ら信ずるところを曲げず、茫洋とした大海原に漕ぎ出していく篁の孤愁と骨太い気概が見事にうたわれている。

歌の真情が上皇に通じたか、篁は一年後にはもう流罪を解かれて帰京している。官位も旧にもどされた。どの船に乗るかを上司と争って流罪になったのも尋常でなければ、すみやかな赦免も普通ではない。おそらく、篁のふるまいに一度は激怒したものの、その才能を愛していた上皇が廷臣たちへの体裁もあって、しばらく流罪のかたちをとったのであろう。

篁は身長六尺二寸、直情径行の人で直言を好んだという。それに嵯峨上皇の寵愛した異才が加わって、時の人は篁を「野狂《やきょう》」「野宰相《やさいしょう》」と呼んだ。そればかりか、のちには篁が地獄の閻魔《えんま》大王に仕えていたとする奇怪な伝説までつくられている。

小野《おのの》 篁《たかむら》
（八〇二〜八五二）

延暦《えんりゃく》二十一年、漢学者にして参議までつとめた小野岑守《みねもり》の子として生まれる。天長十年（八三三）、勅により『令義解《りょうのぎげ》』を撰した。承和五年、遣唐船への乗船を拒否し、遣唐を批判したことから隠岐に五年の流罪とされた。赦されたのち参議に進む。仁寿《にんじゅ》二年、五一歳で没した。

四四 古今和歌集

花の色はうつりにけりないたづらに
わが身世にふるながめせしまに

小野《おのの》小町《こまち》

百人一首にも採られている小野小町《こまち》の歌である。この歌は、日本人の自然観、人生観を濃くにじませて、小町美女伝説と共に後世に広くうたいつがれた。

歌の技巧は精緻をきわめている。「ふる」は「降る」と「経る」の掛詞《かけことば》であり、「長雨」の縁語でもある。「ながめ」は「長雨」に「眺め（物思いにふけること）」を掛けているし、「花の色」が容色に通じることは言うまでもあるまい。歌の中ほどに置かれた「いたづらに」は「むなしく」の意で、これが歌のキーワードになっている。小町の歌は「花の色」と「我が身」を対照させたというよりも、「いたづらに」を媒介にして、自然の秩序と人間の秩序が共時的に進行し、複雑に共鳴しあって、花の色と容色が別のものではなくなってしまっているのである。そこには縁語と掛詞が効果的に使われている。

小野小町は万葉と古今をつなぐ六歌仙の一人である。『古今和歌集』仮名序に「小野小町は、いにしへの衣通姫《そとほし》の流れなり。あはれなるやうにて、つよからず。いはば、よき女の、なやめるところあるに似たり」の評がある。愁《うれ》いをふくんで艶然《えんぜん》と男を待つ女のイメージである。

以来、小町といえば「絶世の美女」ということになっている。時には、クレオパトラ、楊貴妃《ようきひ》と並び称されることもある。そのような美女だからこそ「花の色はうつりにけりな」と嘆息したのか、そのように嘆息したからこそ美女とされたのか。いずれにしても、この歌が「小町」の名を美女の代名詞にまでしてしまったのである。

しかしまた、この歌によって、絶世の美女小町は老いさらばえ、百歳の姥《うば》となって、老残の身を世にさらさなければならなかった。と言うのも、この歌を詠んだ小町は、花の色の衰えと共鳴しつつ我が身の老いのきざしを嘆いているからである。その点を強調すれば小町老衰伝説が生まれ、それが説話や能に材を採られて、挙句《あげく》の果てに老衰した醜悪な小町像までつくられたのである。

小町ほど全国にわたって数多くの伝説をもつ女性はあるまい。小野の地名があるところなら、たいてい小町伝説が残っている。仁明《にんみょう》天皇更衣説、小野篁《たかむら》の孫とする説も喧伝《けんでん》されるが、定説はない。つまるところ、『古今和歌集』に採られた一八首の歌より他に小町の確かな資料はなく、いくらでも想像力を働かせる余地があり、そこに名歌と美女伝説が加わって、後世の人々をいたく刺激し、数知れぬ小町伝説を生み出していったのである。

小野小町《おののこまち》
(生没年不詳)

六歌仙の一人。絶世の美女として伝説化のはなはだしい女性だが、僧正遍昭《そうじょうへんじょう》との贈答歌もある。仁明・文徳《もんとく》・清和《せいわ》天皇の頃の女官で、小野氏の女であることは確か。小町伝説を題材にして「小町物」と称する謡曲が数多くつくられ、それがまた小町の伝説化に拍車をかけた。

四五

古今和歌集

月やあらぬ春やむかしの春ならぬ わが身ひとつはもとの身にして

在原業平《ありわらのなりひら》

業平《なりひら》は平城《へいぜい》天皇の皇子阿保《あぼ》親王を父とし、桓武《かんむ》天皇の皇女を母として、天長二年（八二五）に生まれた。臣籍に降下されたとはいえ、れっきとした貴種であり、名にしおう「色好み」として、絶世の美女小町と並び称される。伝説にみちみちている小町の美貌の実像は定かでないが、業平が美男子であったことは正史『三代実録』にも「体貌閑麗《たいぼうかんれい》」と明記されていて、確かである。

業平が色好みの無頼な生活にひたっていたのは、二十代から三十代にかけてのことらしい。その間、昇進はなく、逆に位階を一つ下げられている。色好みの業平にどのような不祥事があったのか。ここに挙げた歌がそのいきさつを語ってくれる。

『古今和歌集』に見える業平の標題歌には長い詞書《ことばがき》がそえられている。それによれば、娘の明子《めいし》が産んだ惟仁《これひと》親王（清和《せいわ》）の即位をめざし、人臣にして初めての摂政《せっしょう》をねらう藤原良房《よしふさ》が「后がね」として大切に育てていた高子《たかいこ》（良房の養子基経《もとつね》の妹）を、果敢にも業平が誘惑したというのである。それと察知した基経らは高子をどこかへ隠してしまった。業平はその居場所を知ってはいたが、便りもしないまま、翌春、梅の盛りの月の夜に、かつて高子と逢瀬をもった館を訪ね、その荒れた板敷きの間に泣き伏して、この歌を詠んだという。

『古今和歌集』が伝える話に、危険な恋にあえて挑んだ王朝世界きってのプレイボーイの哀れな姿を見るか、風流の極致を見るかは人それぞれであろうが、人麿《ひとまろ》の化身ともいわれた業平の、流麗な調べに奔放な言葉をのせた歌は、さすがに余人のまねられるものではない。「月やあらぬ」は「月やむかしの月ならぬ」を略したかたちである。この歌をあえて訳せば、我が身はもとのままなのに、あなたのいない今夜の月も花も去年とは違ったものに思われる、ということになろうか。

高子が入内《じゅだい》したとき清和天皇はまだ九歳にしかなっていなかった。高子は九歳年上というから、すさまじい政略結婚である。後年、高子は五五歳で僧と密通し、后位を廃されるスキャンダルを引き起こしている。なかなか奔放な女性であった。

承和《じょうわ》の変（八四二）で橘逸勢《はやなり》ら政敵を排し、専権をつよめていた良房は、清和幼帝の下で、天安二年（八五八）、ついに摂政となった。業平の恋は、その良房の野望を今一歩でくじきかねなかったのである。

在原業平《ありわらのなりひら》（八二五～八八〇）

平城天皇の皇子阿保親王と桓武天皇の皇女伊都《いと》内親王の間に生まれた。六歌仙の一人。貴種でありながら藤原氏の風下に立たねばならぬ不満が、放縦不羈《ほうじゅうふき》の生活へと駆り立てた。その業平に仮託してつくられた歌物語が『伊勢物語』である。元慶《がんぎょう》四年、五六歳で没した。

四六

古今和歌集

世の中にたえて桜のなかりせば　春の心はのどけからまし

在原業平《ありわらのなりひら》

春めいた空模様をうかがいながら、今日か、明日か、と心急《せ》く桜のころになれば、つい、口ずさんでしまいたくなる歌である。

この歌は『古今和歌集』に「渚《なぎさ》の院にて桜を見てよめる」とあるばかりだが、そのいきさつは業平《なりひら》にまつわる伝説と歌をあつめた『伊勢物語』八十二段に詳しい。それによれば、文徳《もんとく》天皇の第一皇子惟喬《これたか》親王の離宮である交野《かたの》（大阪府枚方《ひらかた》市）の渚の院に桜が盛りであったとき、多くの人があつまって酒宴を催し、歌をつくったが、そのおり、親王につねに親従していた右馬頭《うまのかみ》（業平）が詠んだ歌という。このとき、親王の母静子《せいし》の兄であり、業平の妻の父にあたる紀有常《きのありつね》も参加していた。

文徳天皇は第一皇子の惟喬親王を皇太子にと考えていた。しかし、野心家の藤原良房《よしふさ》は娘の明子《めいし》が生んだ第四皇子惟仁《これひと》親王を生後八か月で強引に皇太子とし、さらに天安二年（八五八）には、わずか九歳の惟仁を清和《せいわ》天皇として即位させ、自らはその後見人となって事実上の摂政となった。前代未聞の事態である。

紀氏につらなる惟喬親王は良房の政略の犠牲者であった。その悲運の親王の下に業平や有常があつまって、渚の院の文芸サロンにうさを晴らしたのである。と言うよりも、政治の敗者が文学や風流に拠って政治の勝者に対峙《たいじ》しようとしたのである。業平が右馬頭になったのは貞観《じょうがん》五年（八六三）、惟喬親王が二九歳で洛北大原に出家するのは貞観十四年（八七二）であるから、歌はその間に詠まれたのであろう。

業平の歌は『古今和歌集』に三〇首採られていて、同時代の六歌仙中最多を数える。『古今和歌集』仮名序でも「その心あまりて、ことばたらず」と評された業平は、唐風の詩文学が一世を風靡した時代に、それに飽き足らぬ魂の衝動を和歌にぶっつけ、その新しい地平を開いていったのである。標題に挙げた歌は人をくったような論理の逆転が新鮮で、春の桜を待つ日本人の気持を見事にうたっている。

桜の花見は、古来、山の神を田の神として迎える農民の神事であった。奈良時代の貴族社会では唐風趣味からもっぱら梅の花がもてはやされたが、平安時代になると、上流階級でも桜の花が脚光を浴びるようになる。仁明《にんみょう》天皇（在位八三三〜八五〇）のとき、紫宸殿《ししんでん》の左近《さこん》の梅が桜に植え変えられたのも、そうした事情を映してのことである。

以来、日本人は桜に春の心をさわがせながら生きてきた。業平の歌はその先駆であったといえよう。

古今和歌集《こきんわかしゅう》

最初の勅撰和歌集で、初め「続万葉集」として構想されたが、延喜《えんぎ》五年（九〇五）、勅命によって、紀貫之《きのつらゆき》らが千百余首の歌を撰出して二〇巻にまとめた。冒頭に貫之の歌論を記した仮名序がある。繊細優美を理想とする歌は、文学のみならず、後世に多大の影響を与えた。

四七

古今和歌集

きみがため春の野にいでて若菜《わかな》つむ　わが衣手《ころもで》に雪はふりつつ

光孝《こうこう》天皇

百人一首に採られて、よく知られた歌である。『古今和歌集』の詞書《ことばがき》には光孝《こうこう》天皇がまだ時康《ときやす》親王であったころの歌としている。

「きみ」は、万葉時代にはもっぱら男に対して用いられる言葉であったが、古今時代になると男女いずれに対しても使われるようになる。ここでは、親王が自ら雪の舞う野に出かけて若菜を摘んでやりたいと思われたほど大切な女性とみておきたい。「きみがため」と春の野に大きく解き放った視線を、「若菜」「わが衣手」「雪」へと手繰《たぐ》りよせてくる歌の技巧は、それと感じさせないほどに自然で、調べにもよどみがない。平明、素直な歌である。それでいて、雪の中で手をかじかませながら若菜を摘む親王のせつない恋心を過不足なく伝えている。

新春に若菜を摘み、それを食して一年の息災であることを願うのは、山部赤人《あかひと》の「春の野にすみれ摘みにと来しわれそ野をなつかしみ一夜寝にける」に見られるように、すでに万葉時代から歌に詠まれてきた風習である（スミレは『和名抄《わみょうしょう》』に野菜類として記されている）。十世紀初めころには睦月《むつき》七日に七種《くさ》の菜を天皇に供する年中行事として定着し、それが現在まで「七草がゆ」として伝承されているが、そのもとを尋ねれば、新年を迎えるための物忌《ものい》みであった。大陸から暦が到来する以前、我が国の年の初めは春分・秋分のころの満月の日だったのである。その名残は今も一月十五日の小正月に見えている。七草粥《ななくさがゆ》は、その物忌《ものいみ》行事であった。

春の七草は、セリ、ナズナ、スズナ、スズシロ、ホトケノザ、ゴギョウ、ハコベラをいう。こうした菜を摘むことのできる野は、平安京とそれを囲む山々との間に大きくひらけていた。内裏《だいり》のすぐ北にも、平野《ひらの》、北野、紫野《むらさきの》などがあって、今も地名として残っている。野は、人を寄せつけない荒々しい自然ときらびやかな人工の都城の間をうめるものであり、人間の生活と親和したおだやかな自然である。

時康親王は仁明《にんみょう》天皇の第三皇子で、即位のときには五五歳になっていた。文徳《もんとく》天皇のあと清和《せいわ》、陽成《ようぜい》と幼帝の即位がつづき、その外戚《がいせき》である藤原北家の良房《よしふさ》とその養子基経《もとつね》は摂政・関白となって権勢をふるっていたが、元慶《がんぎょう》八年（八八四）、基経は意のままにならなくなった陽成天皇を廃し、皇統の傍流にあった老親王に白羽の矢を立てたのである。基経との血縁関係は薄かったが、光孝天皇は歌にも見られるように繊細な感覚をもつ風流人であり、性格は温和で控え目、何より政治的野心がなかったから、両者の関係は円満であった。

光孝《こうこう》天皇
（八三〇〜八八七）

仁明天皇の第三皇子で、母は藤原澤子《さわこ》。元慶八年（八八四）、即位して第五十八代天皇となった。その四年前には藤原基経が人臣にして初めて関白太政大臣となっている。五五歳で即位した天皇は政治の事を基経にゆだねられたが、その在位年数はわずか四年にすぎない。

四八

小倉百人一首

みちのくのしのぶもぢずり誰ゆゑに乱れそめにし我ならなくに

源《みなもとの》 融《とおる》

『古今和歌集』恋歌の部に採られていて、藤原定家の「小倉百人一首」でも有名な歌だが、ことに「しのぶもぢずり」が耳に印象深い。標題の歌は「小倉百人一首」に拠った。『古今和歌集』では「乱れそめにし」が「みだれんと思ふ」となっている。

「しのぶ」は「陸奥《みちのく》の信夫《しのぶ》(郡)」と「しのぶ草」を掛けている。「しのぶもぢずり」は「しのぶずり」ともいい、しのぶ草を石で布の上に摺りつけて乱れ模様をつくりだす技法で、この模様の織物は信夫郡の特産であった。その模様から「乱れそめにし」がみちびかれる。「そめ」は「染め」と「初め」の両義を重ねた言葉である。

「しのぶもぢずり」の中には、それとなく「忍ぶ恋」をしのばせている。これは西洋のプラトニック・ラブに比すべく、我が大和の国の恋の理想であった。「しのぶ」は遠くから秘かに思うことをいう。同じ百人一首に採られている歌に、平兼盛《かねもり》の「しのぶれど色に出でにけりわが恋はものや思ふと人のとふまで」がある。しのべばしのぶほど思いは乱れ、恋心はつのっていく。これは恋の鉄則である。

源融《とおる》の歌は、あの陸奥の「しのぶもぢずり」のように、私の心は誰のせいでこんなに乱れてしまったのでしょう、あなたのせいですよ、というのである。「我ならなくに」は自分の恋心を察してくれない女への切ない思いを込めた言い方であるが、いささかめめしい感じがしないでもない。

源融は嵯峨《さが》天皇の皇子である。嵯峨天皇は多くの愛妾をもち、その子女は五〇名にも及んだので、うち三二名が源朝臣の氏姓を与えられて臣籍に下されている。賜姓《しせい》源氏はここに始まる。融は嵯峨源氏の中でもっとも活躍した人物といえよう。貞観《じょうがん》十四年（八七二）には左大臣にすすんでいる。元慶《がんぎょう》八年（八八四）、陽成《ようぜい》天皇が廃されると融は自ら次期天皇に名乗りを上げるが、臣籍のゆえをもって藤原基経《もとつね》に退けられている。

源融は鴨川畔に四町四方もある宏大な河原院《かわらいん》を営み、河原左大臣の名で呼ばれた。その苑池には遠く難波から船で潮水を運ばせて陸奥の塩釜の景を模すなど、風流のかぎりを尽くした人である。『伊勢物語』には業平《なりひら》と覚しき「かたいの翁」が河原院の宴にあらわれて、塩釜の景をほめそやすくだりがある。王朝随一の色好み業平も融の前ではたいこもちである。

洛南の景勝地である宇治川畔にも融の別荘があった。それはのちに藤原道長《みちなが》の領するところとなり、子の頼通《よりみち》にゆずられて、世が末法《まっぽう》にはいったとされた永承七年（一〇五二）、宇治平等院《びょうどういん》にあらためられた。

源《みなもとの》融《とおる》（八二二〜八九五）

嵯峨天皇の皇子として弘仁《こうにん》十三年に生まれた。源朝臣の氏姓を賜い、臣籍に降下して、左大臣にまで昇る。六条東の鴨川畔に広大な河原院を営み、河原左大臣と呼ばれた。輿《こし》に乗って宮中に出入りすることも許されていた。寛平《かんぴょう》七年に七四歳で没し、正一位を贈られた。

四九

古今和歌集

みわたせば柳桜《やなぎさくら》をこきまぜて 都ぞ春の錦《にしき》なりける

素性《そせい》法師

春の京都は花にうずもれる。その中でも、琵琶湖疏水《そすい》が豊かな水量をみせて流れる岡崎のあたりは、淡い緑をふいて水面に枝垂《しだ》れる柳とあでやかに咲き誇る桜の花の取り合わせが絶妙で、それが東山の青を背景にして春の陽ざしにおぼろにかすむさまは、いかにも都の春を感じさせる。そんなとき、ふと、『古今和歌集』巻一「春歌上」に採られた素性《そせい》法師の歌が想い出されてくるのである。

「柳緑花紅《やなぎはみどりはなはくれない》」の中国風をまねて、平安京の街路には多く柳と桜が植えられた。素性法師は、その柳桜をこきまぜた春の光景を、「秋の錦」に劣らぬ「春の錦」とみなして、平安京を花の都とたたえたのである。「春の錦」という発見に、この歌のすべてがある。以来、これが千年の都の春の原風景となって、もはや都ではなくなった今も、京都は柳桜をこきまぜた風景をあちこちに残している。

都市国家を発生させることのなかった日本では、平城京にしても平安京にしても、政治文化の中枢として人工的につくられた全国唯一の都市であった。都は天子の住まわれる宮のあるところ（宮処《みやこ》）であり、誰もがあこがれる華麗な花であることに存在意義があった。そこには、あらゆる富が集積し、絢爛《けんらん》たる文化が花咲いた。いつ外敵に襲われても、おかしくはない。

にもかかわらず、日本の都は、中国・西洋・中近東のように城壁で自らを防御する思想に欠けていた。せいぜい青垣と称する自然の山々に囲まれた盆地に都を置いて、それで事足れりとしていた。これには、大陸から海で隔てられていて異民族の侵略を受けることがなかったこともあずかっていようが、国内には武力をたのむ武家階級や一《いっ》揆《き》を起こす農民階級がいて、都にしばしば侵入して来たのである。それでも、豊臣秀吉の「お土居《どい》」を唯一の例外にして、都に城壁がめぐらされることはなかった。

日本の都のあり方は、神社のあり方に似ている。神社（宮）が森に囲まれていなければならないように、日本の都（宮処）は、その周りに野を配し、山に囲まれて、自然と親和していなければならなかった。城壁をつくることによって自然から切断され、隔離されてしまうことを恐れていたのである。だからこそ、素性法師も平安京を言寿《ことほ》ぐ歌を詠むにあたって、都大路や宮殿の壮麗さを言わず、もっぱら自然の柳桜に着目して、花の都をたたえようとしたのである。

素《そ》性《せい》法師
（生没年不詳）

六歌仙の一人である僧正遍昭《そうじょうへんじょう》の次男、父の命により共に出家した。俗名を良岑玄利《よしみねのはるとし》という。三十六歌仙の一人で、『古今和歌集』には三二首が採られている。古今風を代表する技巧的、理知的な歌を詠み、宇多《うだ》・醍醐《だいご》天皇に屏風《びょうぶ》歌を献上している。家集に『素性集』がある。

五〇

古今和歌集

月見ればちぢに物こそかなしけれ　わが身ひとつの秋にはあらねど

大江千里《おおえのちさと》

深酒の酔いをさまそうと夜の街や公園を一人ほっつき歩いていて、何やら物悲しく思われるとき、何げなく頭上を仰ぎ、そこに真円の月が輝いていたりすると、つい、この歌が口の端にのぼってくる。秋の夜ならなおさらだ。思わず立ちすくみ、月に見とれる。次から次へと想い出があふれてくる。中天にかかる月はあくまで澄みわたっている。なぜ自分は独りここにいるのかと思う。共に月をながめる者とていないということが物悲しさをいっそうつのらせ、ふと気づいてみれば「わが身ひとつの秋にはあらねど」とつぶやいている。こんな体験の一つや二つは誰にでもあるにちがいない。

季節のおりおりの景物が、その場、その時の心境や感情と深く照応し、分かちがたく融け合ってしまうのは、すでに万葉の時代から明らかな日本人の心的傾向であったが、古今の時代になると、京都という地理的に限定された環境の中でそれがいっそう洗練されたばかりか、「秋＝月＝かなし」のように感受するかたちまで固定されるようになる。

自然と一体化することは日本人の理想なのだが、それはおうおうにして特定の型を通して成就される。その型が日本人の感受性のツボにぴったりはまっていればいるほど、目の前の自然と強い一体感、安心感、恍惚《こうこつ》感を得ることができるのである。これが古今の時代に定着した美の境地であったといえよう。それがのちに季語を生み出し、精緻な歳時記を編んでいくのである。

大江千里《ちさと》は平城《へいぜい》天皇の五世孫という。それなら業平《なりひら》の親戚ということになるが、これはのちの付会であるらしい。千里は漢文に通じていたことから、「月見れば」の歌は『白氏文集《はくしもんじゅう》』に見える「燕子楼《えんしろう》」の詩句「秋来只為一人《あききたるただひとりのために》長《ながし》」の翻案とする説がある。しかし、短詩形文学に表面的な語句の類似をあげつらってもしようがない。歌に凝集された叙情や思想の質こそ問題にすべきであり、その点から見れば千里の歌は疑いもなく日本人のものであり、「わが身ひとつ」が表現しているものは業平の「月やあらぬ」の歌につらなるものである。

『古今和歌集』の詞書《ことばがき》には是貞《これさだ》親王（光孝《こうこう》天皇の第二皇子）の家の歌合《うたあわせ》で詠まれたとある。業平の歌の華麗さは求めるべくもないが、千里の歌は日本人の感受性のツボをぴたりと押さえていたゆえに千年のちまで歌い継がれてきたのである。この歌が定家の「小倉百人一首」に採られたことも当然と言わねばならない。

大江千里《おおえのちさと》（生没年不詳）

父の大江音人《おとんど》は漢学者で、参議にまですすんでいる。千里も文章《もんじょう》博士となり、また歌もよくして、三十六歌仙の一人に数えられた。『古今集』の一〇首をはじめ勅撰集に採用された歌は二五首にのぼる。八九四年、宇多《うだ》天皇の勅によって『句題和歌集』一巻を編んでいる。

五一

古今和歌集

世の中はなにかつねなるあすか川
きのふの淵《ふち》ぞけふは瀬《せ》になる

読人《よみひと》しらず

無常感を強くにじませた歌である。日本人には「無常観」よりも「無常感」の方がしっくりする。思想というよりも、感覚、気分に近いのである。無常感は、複雑で変化に富む列島の自然環境から日本人が体得したもので、仏教の無常観はその思想的な補強を行なったにすぎない。

日本人の「自然」は、観察し、分析し、征服する対象ではなかった。「自然」はあくまで理想の存在であり、神そのものであった。だから、自然の内なる秩序を体得し、それと自らを一体化すること、つまり「神ながら」に生きることは日本人の絶えざる理想であった。その一方、「不自然」なものはすべからく排除されなければならなかった。

日本人にとって、自然の秩序は世の中の秩序であり、人間の秩序である。飛鳥川が無常なら、世の中も無常であり、人間も無常でなければならない。そこから導き出されてくるのは、虚無ではなく、おのずからなる心をもって、ありのままに生きるということである。

日本人が理想とする自然の秩序をもっともよく表わしているのは、流れる水である。それが万葉人のこよなく愛した飛鳥川なら、なおさらであろう。

古代国家の形成期、飛鳥川のほとりには天皇の代ごとに新しい宮が営まれ、数知れぬ政争がうずまき、栄枯盛衰は果てしなかった。それから二百余年、『古今和歌集』の時代には、すでに宮跡さえ分からなくなっていただろう。しかも飛鳥川は山あいの地を流れている小河川だから、ちょっとした雨でもあればすぐに水量が増し、淵や瀬はたちまち変化してしまう。「世の中はなにかつねなるあすか川」というのは、その流れの前に立つ者の確かな実感であり、思わず口からもれる言葉であったにちがいない。

飛鳥は「飛ぶ鳥の」という「あすか」の枕詞《まくらことば》が地名表記に転用されたものである。「長谷《ながたに》の泊瀬《はつせ》」が「長谷《はせ》」となり、「日の下《もと》の草香《くさか》」が「日下《くさか》」となるのも同様である。古くは「あすか」を「明日香」と表記するのが一般的であった。これは「あす」という音を「明日」に通わせたものである。標題の歌はこの飛鳥の音の連想作用を巧みに使って、昨日は淵、今日は瀬、明日(飛鳥川)は行方が知れぬという思いを強めている。『古今和歌集』巻十八に「題しらず」「読人しらず」として採られていることも、この歌にいっそうの無常感をただよわせている。

読人《よみひと》しらず

『古今和歌集』に見えている「読人しらず」の歌は案外多くて、撰集された千百余首のほぼ四割を占めている。これらは、『万葉集』以降の古調の歌や、歌謡のようにして日常の中でうたわれていた歌である。この時代の和歌は、まだ上層階級の占有物ではなかったと言えよう。

五二

秋きぬと目にはさやかに見えねども風のおとにぞおどろかれぬる

古今和歌集

藤原敏行《ふじわらのとしゆき》

『古今和歌集』巻四「秋歌上」の巻頭に置かれた歌である。その詞書《ことばがき》に「秋立つ日よめる」とある。これが暦の立秋に触発されてうたわれたことは間違いないだろう。立秋は現行の太陽暦なら八月上旬になる。まだ暑さのさかりと言ってもよいころだが、そうであればこそ、秋を待つ気持は切実なものになる。

うだるような暑さの昼下がり、じっとしていても肌に汗がにじんでくる。暦では今日より秋のはずだがと思ってあたりを見回しても、景色に秋を迎えた気配らしいものは見当たらない。うんざりして額の汗を拭《ぬぐ》おうとしたとき、どこからともなく枝葉のそよぐ涼やかな音が聞こえてくる。

「おどろく」は、まどろんでいる魂が刺激的な音に覚醒《かくせい》することをいう。「れ」は自発である。何か秋の兆候はないかと探していたら秋めいた風が吹いてきた、というのではない。聞こえてくる風の音に、おのずから秋を感じてしまったのである。

平安貴族は、京都という狭く限定された空間の中で四季おりおりの変化を鋭く感得し、それにふさわしい趣味生活をすることが大切な教養となっていた。それを身につけた人が「心ある人」として称讃されたのである。このことは平安貴族に必須の教養であった和歌の世界に端的にあらわれ、四季に対する美的感受性はきわめて繊細なものになっていった。そうした中でも、彼らはことのほかに春と秋を待ちわび、その到来に神経をとぎすましていったのである。

「秋きぬ」の歌は、季節の到来を認知するにあたって視覚ではなく聴覚をもってきたところが秀逸である。目の前にある現実の自然と暦のずれは視覚と聴覚のずれに置き換えられ、それが「おどろき」を介して、さやかには見えない秋の到来へと収斂《しゅうれん》されていくのである。あとに残された透明感がいい。ひそやかに忍び寄ってくる秋の到来を告げて、この歌にすぐるものはあるまい。

藤原敏行《としゆき》の妻は紀有常《きのありつね》の娘で、在原業平《なりひら》の妻の妹にあたる。二人が結ばれるにあたっては、業平の大きな助力のあったことが『古今和歌集』や『伊勢物語』で知れる。敏行は藤原氏とはいえ傍流の南家で、母も紀氏であったから出世のほどは限られていて、位階は従四位上で終わっている。小野道風《とうふう》や空海《くうかい》と並び称される能書家であったが、その名を千年のちまで伝えたのは、やはり『古今和歌集』に残された標題の名歌一首によってであった。

藤原敏行《ふじわらのとしゆき》（?～九〇一）

藤原南家富士麻呂《ふじまろ》の長男で、母は紀名虎《きのなとら》の娘。妻は名虎の子有常の娘で、在原業平の妻とは姉妹にあたる。官位は従四位上右兵衛督にとどまった。能筆と『古今和歌集』の歌がなければ名を残すこともない典型的な中級貴族である。昌泰《しょうたい》四年（九〇一）に没した（異説もある）。

五三 古今和歌集

ひとはいさ心もしらずふるさとは
花ぞむかしの香ににほひける

紀《きの》貫《つら》之《ゆき》

この歌には長い詞書《ことばがき》がついている。それによれば、紀貫之《きのつらゆき》が長谷寺《はせ》（桜井市初瀬）に参詣したおり定宿にしている家を久しぶりに訪ねてみると、その家の主人が「昔と変わらず宿はありますよ」と貫之の疎遠ぶりに嫌味を言ったので、そこにあった梅の花を折って詠んだ歌であるという。人の心はうつろいやすいものだから、あなたが昔のとおりかどうかは知らないが、花は昔と変わらず咲いていますよ、と軽く応酬したのである。

貫之の歌に対して、宿の主人は「花だにも同じ心に咲くものを植ゑたる人の心知らなむ」と返したことが貫之の家集に見えている。共に社交的な歌である。貫之が泊瀬《はつせ》（初瀬）を「ふるさと」と言ったのは、長谷寺参詣でしばしば訪ねる地への親しみに加えて、「隠国《こもりく》の泊瀬」が万葉の「ふるさと」であったこともあずかっていよう。初瀬の地は大和川の上流、初瀬川のつくる長い谷の奥にあって、隠国と呼ばれるにふさわしい地である。

変わりやすい「ひとの心」と変わることのない「ふるさとの花」を対照するのは、貫之が好んで歌に用いる発想である。「ふるさとの花」は自然に他ならない。それへの絶えざる信頼と人間への不信は、貫之のみならず、日本人の意識に深くしみついた観念であった。

醍醐《だいご》天皇は延喜《えんぎ》五年（九〇五）に勅を下して、紀友則《きのとものり》、紀貫之、凡河内躬恒《おおしこうちのみつね》、壬生忠岑《みぶのただみね》らに『古今和歌集』を撰集せしめた。巻二十、千百余首を収めた我が国最初の勅撰和歌集である。以降、万葉の「ますらをぶり」「質実素朴」の歌風に対して、古今の「たおやめぶり」「繊細優美」の新風が日本文学の本流になる。

『古今和歌集』撰者の一人であった紀貫之は当時の代表的歌人であり、和歌が貴族社会の社交に欠かせぬものとなった時代の寵児として、屏風《びょうぶ》歌や歌合《うたあわせ》に活躍した。また、のちに歌道の不滅の教典となった『古今和歌集』仮名序の作者であり、『土佐日記』を書いて我が国のかな文学の創始者ともなった。しかし、その位階は従五位上に終わっている。

『万葉集』における大伴氏のように、『古今和歌集』の紀氏もまた衰微しつつある名門であった。紀氏は『古今和歌集』の撰者に友則、貫之を出し、紀淑望《よしもち》も『古今和歌集』真名《まな》序の筆を執っている。政治の敗者が文学に拠って立とうとするのは我が国の伝統である。当然のことだが、政治の勝者である藤原氏への不満は、紀氏につらなる惟《これ》喬《たか》親王や業平《なりひら》へのなみなみならぬ同情となって『古今和歌集』にあらわれている。

紀《きの》貫《つら》之《ゆき》（？～九四五）

父は紀望行。『古今和歌集』の撰集に加わったとき、貫之は撰者の中で最も若い三〇代前半、採られた歌は集中最多の一〇二首を数える。その仮名序は後世に多大な影響を与えた。勅撰集に採られた歌は四五二首に及ぶ。仮名で書かれた『土佐日記』の作者。天慶《てんぎょう》八年に没した。

五四

拾遺和歌集

こちふかばにほひおこせよ梅の花
あるじなしとて春を忘るな

菅原道真《すがわらのみちざね》

菅原道真《みちざね》といえば天神さん、天神さんといえば今や受験の神様だが、その起源をたずねれば、『拾遺《しゅうい》和歌集』に採られたこの歌にまでさかのぼらなければならない。

藤原良房《よしふさ》・基経《もとつね》の摂関政治によって律令体制は大きく変質していく。それを食い止めようとする宇多《うだ》天皇の「寛《かん》平《びょう》の治」を支えたのは中下級の律令官人であり、そのホープと目されたのが菅原道真であった。

菅原氏は父祖三代にわたり学者として朝廷に仕えていたが、道真に至って宇多天皇のなみなみならぬ寵愛を得る。基経の子時平《ときひら》の権勢をおさえるためだが、文事を好む天皇の性格もあずかっていただろう。これに対し、道真も娘の衍子《えんし》を天皇の後宮に入れて関係を深めていく。昌泰《しょうたい》二年（八九九）、道真は左大臣時平に並んで右大臣を拝命する。異例の出世であった。しかし、家柄と序列を重んじる社会にあって、これはきわめて危険なことであった。

昌泰四年（九〇一）、時平の策謀によって道真はあっけなく失脚、何の政治的対抗策もとれぬまま大宰権帥《だざいのごんのそち》に左遷される。策謀を遺伝子に組み込んでいるような藤原氏の敵ではなかったのである。悲哀の道真が大宰府へ流されるとき自邸の紅梅殿で詠んだのが「こちふかば」の歌であった。「こち」は東風をいう。つまり紅梅殿の梅の木に、春になったら大宰府まで匂ってきてくれと語りかけたのである。どことなく道真の無念さがただよってくる。

延喜《えんぎ》三年（九〇三）、道真が失意のうちに大宰府で没すると、政治の敗者に同情を寄せる人々の屈折した感情は、時平一派に襲いかかる。まず、道真が「にほひおこせよ」と呼びかけた紅梅殿の梅の木が大宰府まで飛んでいったという飛梅伝説が生まれる。歌には呪力があると信じられていた時代だった。道真を追い詰めた時平一派の人たちが次々に変死をとげて、道真の怨霊《おんりょう》伝説が荒れ狂う。雷神、天神となった道真のすさまじい祟《たた》りは、北野天満宮が建立され、道真に正一位、太政大臣が追贈されて、ようやく鎮まった。死後一世紀がたったころである。

道真の怨霊がおそるべき雷神となって猛威をふるった背後には時平の弟忠平《ただひら》をはじめとする反時平一派の策動があったのだが、それとて人々の同情を掻き立てた「こちふかば」の歌が残されていなければ成功はおぼつかなかっただろう。政治の敗者が一つの歌によって怨霊となり、ついに復讐までとげたのである。以降、道真は、その時代の流行をたくみに映して、雷神、天神、さらに歌の神、連歌の神、学問の神、手習いの神になり、近代に至ると受験の神さまとして絶大な信仰をあつめるようになったのである。

菅原道真《すがわらのみちざね》
（八四五〜九〇三）

菅原氏は野見宿禰《のみのすくね》を祖とし、道真の曾祖父にあたる古人《ふるひと》から清公《きよただ》、是善《これよし》と代々にわたって大《だい》学頭《がくのかみ》・文章《もんじょう》博士をつとめてきた。道真は承和《じょうわ》十二年、是善の第三子として生まれた。宇多天皇の信任厚く、右大臣にまで昇るが、時平の讒言《ざんげん》によって大宰府に流され、五九歳で没した。

五五

あひみてののちの心にくらぶれば昔はものを思はざりけり

拾遺和歌集

藤原敦忠《ふじわらのあつただ》

百人一首に採られてよく知られた歌だが、その面目は、あげて最初の一句にある。この解釈を違えては平安貴族の恋の何たるかを見失なう。「あひみて」は、ただ、恋しい相手に会って、その顔かたちを見たというのではない。女を一目見て激しい恋心を抱いた、その最初の出会いをいうのでもない。

古代にあっては、「見る」ことは呪術的行為であり、「対象の呪力を身に帯びること」（土橋寛）を意味していた。男女の間で「見る」といえば、契りを結ぶことに他ならなかった。この歌を一目惚れしたあとの激しい恋心をうたったものと解しては、余りに単純にすぎよう。

標題の歌は『拾遺《しゅうい》和歌集』に「題知らず」として採られていて、『拾遺抄』に「はじめて女のもとにまかりて、又のあしたにつかはしける」と作歌の事情が記されている。「又のあした」は翌朝をいう。ならば、一夜を共にしたあとの「後朝《きぬぎぬ》の歌」ということになる。一夜を過ごした今、恋い焦がれていた前夜までのことさえ「昔」のことに思われるほど我が恋は激しくせつないものになってしまった、というのである。

同時代の歌にも「あひみて」の用例は少なくないが、藤原敦忠《あつただ》の歌の秀逸さは、女と初めて一夜を共にしたことを契機にして、その前後でがらりと変わる恋の思いを単刀直入にうたったところにある。「昔」は女と一夜を共にした以前をいう。それに呼応した詠嘆の「けり」も効いている。

敦忠は、道真《みちざね》を失脚させた左大臣藤原時平《ときひら》の三男である。その出生と死については、いささか不穏な話が伝えられている。

『百人一首一《ひと》夕話《よがたり》』によると、時平は放蕩《ほうとう》なふるまいのある人で、伯父国経《くにつね》の美しい若妻に横恋慕して我がものとしてしまったのだが、そのときすでに女は敦忠を宿していたという。これが事実ならば、敦忠は国経の子ということになる。しかし時平の子として養育されたために、一二歳にして早くも昇殿を許され、従三位権中納言にまですすんでいる。敦忠は母に似て美貌のほまれ高く、しかも琵琶の名手であったという。歌と恋にもたけていた。その恋の相手には、『拾遺和歌集』に「忘らるる身をば思はず誓ひてし人の命のをしくもあるかな」の歌を残した多情の女性、右近《うこん》もいる。

天慶《てんぎょう》六年（九四三）、敦忠は三八歳の若さで亡くなった。世の人はそれを道真の怨霊のなせるわざと噂した。

藤原敦忠《ふじわらのあつただ》（九〇六〜九四三）

菅原道真を失脚させた左大臣藤原時平の三男として、延喜《えんぎ》六年に生まれている。醍醐《だいご》・朱雀《すざく》の両朝に仕えて、従三位権中納言にまですすんだ。美男にして琵琶の名手であった。三十六歌仙の一人にも数えられ、勅撰和歌集に三〇首が採られている。家集に『敦忠集』がある。

五六

拾遺和歌集

ひとたびも南無阿弥陀仏《なむあみだぶつ》といふ人の蓮《はちす》の上にのぼらぬはなし

空《くう》也《や》

何とも平明な歌である。解説の必要もあるまい。いっぺんでも「南無阿弥陀仏」という六字の名号《みょうごう》を唱えた人は必ず極楽往生《ごくらくおうじょう》できる、というばかりである。

歌は『拾遺《しゅうい》和歌集』に採られていて、その詞書《ことばがき》には「市門《いち》にかきつけて侍《はべ》りける」とある。平安京には七条大路ぞいに東と西の市があった。「市の聖《ひじり》」と呼ばれた空也《くうや》にふさわしく、庶民が生活の必需品を求めてごったがえす市の門に、ひたすら念仏せよと勧める歌を書きつけたのである。修辞、技巧などとは無縁の歌で、自ら信ずるところを口にしたら、それが民族伝統の歌のかたちになっていたというべきであろう。

空也が生まれたのは延喜《えんぎ》三年（九〇三）、道真《みちざね》が大宰府に没した年である。その出自については、醍醐《だいご》天皇の第五子であるとか、仁明《にんみょう》天皇の皇子常康《つねやす》親王の子であるとかの説も流布しているが、正確なところは何も分からない。十代後半の空也は優婆塞《うばそく》（在家の男性仏教信者）として諸国を遍歴しながら、道路や橋を修復し、野辺に打ち捨てられた屍を手厚く葬った。出家得度は二一歳のとき、尾張《おわり》国分寺においてである。

天慶《てんぎょう》元年（九三八）、空也は都にのぼり、四条の辻に立って南無阿弥陀仏の名号を唱え、人々を教化する。空也の眼中には難解な仏教理論も荘厳な堂塔伽藍もなかった。そんな権門富者の独占する仏教、自ら荘園領主となって安逸をむさぼる大寺の僧たちとは無縁のところで、ひたすら衆生済度《しゅじょうさいど》をめざしたのである。

空也が入京した年、東国では平将門《まさかど》が反乱を起こして新皇を称し、西国でも藤原純友《すみとも》の乱が起こって律令体制が揺らぎ始めていた。都では大地震、洪水が打ちつづき、それが道真の怨霊のなせるわざとされて、政治とかかわりのない人々まで悩まし、世の中に末法思想がひろがりつつあった。そんなとき、ただ六字の名号を唱えさえすれば誰でも浄土に行けるという空也の教えは、新鮮な驚きをもって庶民に迎えられたのである。さらに貴族層への教化も考慮して、天暦《てんりゃく》二年（九四八）には比叡山で受戒している。

空也は鉦《かね》太鼓を打ち鳴らして念仏を高唱《こうしょう》する踊念仏《おどりねんぶつ》の祖であり、阿弥陀聖とも呼ばれた。その仏教大衆化に果たした功績は大きく、外来の仏教を日本に土着せしめた先駆者である。空也の念仏の思想は法然《ほうねん》の専修《せんじゅ》念仏に受け継がれ、さらにそれが親鸞《しんらん》へとつながっていく。空也は「ナムアミダブツ」というインドの真言を日本の真言とした人と言えよう。

空《くう》也《や》
（九〇三～九七二）

延喜三年、京都に生まれた。尾張国分寺で剃髪して沙彌《しゃみ》となり、空也と号す。「市の聖」「阿弥陀聖」と呼ばれた踊念仏の開祖。天暦五年（九五一）、悪疫退散を祈願して十一面観音像を刻み、十二年後に鴨川東に西光寺《さいこうじ》（六波羅蜜寺《ろくはらみつじ》）を建立、尊像を安置した。七〇歳で没す。

五七

拾遺和歌集

なげきつつひとりぬる夜の明くるまは いかに久しきものとかは知る

藤原道綱母《ふじわらのみちつなのはは》

これも『拾遺和歌集《しゅういわかしゅう》』から百人一首に採られた歌である。夫を待ちわびて独り寝する妻の嘆きをうたったものとして有名だが、その相手が権門の御曹子でなかったら、ごくありふれた歌になっていただろう。

作者は藤原倫寧《ともやす》の娘である。右大将道綱《みちつな》母《のはは》とも呼ばれているが、その実名は伝わっていない。我が国最初の私小説ともいうべき『蜻蛉日記《かげろう》』の作者として文学史上に名高く、その出身が受領《ずりょう》階級(中級貴族)であることなど、のちの紫《むらさき》式部《しきぶ》や清少納言《せいしょうなごん》の先駆者である。

彼女は時の人が「本朝第一美人三人内」「きはめたる歌の上手」と評した才色兼備の女性であった。天暦《てんりゃく》八年(九五四)、一九歳のころ藤原兼家《かねいえ》の求めに応じて結婚している。すでに兼家には正妻がおり、彼女の意に沿うものではなかったが、結婚には父の栄転がかかっていたのである。

結婚の翌年、道綱が生まれる。『蜻蛉日記』によれば、そのころから好色家の兼家の足は「街の小路の女」のもとに向かい始める。憎い、恨めしいと、若妻の激しい嫉妬がもえあがる。三夜ほど訪れのなかった十月末、兼家が彼女の家の門を叩いた。だが自尊心の強い彼女は、例の女の家へ行く途中に立ち寄っただけなのだ、と無視してしまう。やがて兼家もあきらめて去った様子である。兼家のつれない仕打ちを恨みつつ嫉妬の炎を上げ、それでいて、夫がもどってきてくれぬかと、まんじりともせず狂おしい思いで夜明けを待った。そして翌朝、その恨みつらみを歌にして菊の花にそえ、兼家のもとに送り付けたのが、ここに挙げた歌だというのである。「夜、嘆き悲しみながら独り寝して夜明けを待つ時間がどれほど長く感じられるものか、あなたは御存知なのですか」というのだから、うしろめたい男には、ずいぶんきつい歌である。

これに対して、『拾遺和歌集』の詞書《ことばがき》には「入道摂政まかりたりけるに門《かど》をおそくあけければ、立ちわずらひぬといひいれて侍《はべ》りければ」とある。これだと、門を開けるのが遅いではないかと文句を言う兼家に、「私の苦しみにくらべれば、それくらい何ですか」と責め立てる歌になる。

兼家は好色家であり、権謀術数の人である。花山《かざん》天皇を計略によって退位させて摂政となり、正妻時姫《とき》の子（道《みち》隆《たか》、道兼《みちかね》、道長《みちなが》）による藤原摂関政治の最盛期を準備した。「嘆きつつ」の歌は、その政治の裏で嘆き苦しんだ女の精一杯の自己主張といえよう。

藤原道綱母《ふじわらのみちつなのはは》（九三六？～九九五）

美人にして歌も上手という才色兼備の女性であった。若くして藤原兼家の妻となり、天暦九年に道綱を生むが、夫の不実さに煩悶《はんもん》し、その満たされない二一年の結婚生活を『蜻蛉日記』に記す。中流貴族であった藤原倫寧の娘で、『更級《さらしな》日記』を書いた菅原孝標女《たかすえのむすめ》は姪になる。

五八 玉葉和歌集

としくれてわが世ふけゆく風の音に心のうちのすさまじきかな

紫《むらさき》式《しき》部《ぶ》

紫 式部《むらさきしきぶ》は『源氏《げんじ》物語』の作者レディ・ムラサキとして世界に通用する数少ない日本女性である。彼女は初め藤《とう》式部の名で呼ばれていたが、のちに『源氏物語』のヒロイン「紫上」にちなんで紫式部と呼ばれた。実名は知られていない。

『源氏物語』は、夫の死後、よるべない寡婦《かふ》生活の中で書きすすめられた。その評判に着目して式部を中宮彰子《しょうし》の女房に招いたのが、藤原道長《みちなが》であった。式部が彰子に仕えて二年目の寛弘《かんこう》五年（一〇〇八）の九月、彰子が念願の皇子を生み、道長一門は有頂天になって産後の行事に追われた。このころには物語文学の最高傑作『源氏物語』も大方の完成をみていたらしい。

寛弘五年も暮れようとする師走《しわす》二十九日の夜のことである。里から内裏《だいり》に帰参した式部は、その日が初めて宮仕えした日であったことを思い出す。初めは夢路をまどうようにおぼつかなかった宮仕えもすっかり慣れてしまい、我が身のことながらうとましく思えるほどであった。そんな夜更《ふ》け、物忌《ものいみ》のため局《つぼね》に心細く控えていると、どこか他の局を訪ねる男たちの足音がさわがしい。それを耳にした同席の女房たちが「内裏はやはり違いますね」と艶っぽく言い立てるのを聞いて、式部の口から思わず歌がこぼれた。これが『玉葉《ぎょくよう》和歌集』に採られた「としくれて」の歌である。

「とし」は「年」であり「歳」でもある。「世」は「夜」であり、「齢《よ》」でもある。年が暮れ、夜（齢）がふけるのは、もうすぐ年齢を一つ加える式部その人でもある。『源氏物語』を完成した式部はすでに三〇歳を超えていて、中年の域にさしかかっている。その四〇年ほどの生涯から見れば、晩年に近いと言ってもよかろう。同席の女房たちをはしたないと思う式部の意識と、華麗な男女の愛憎物語を描き終わった中年女の肉体の衰えが、風の音と一つになって心のうちに吹きすさぶ。式部はそれを「すさまじきかな」と寒々とした気持で見つめているのである。

紫式部は『源氏物語』の他にも『紫式部日記』や歌集を残し、勅撰集にも五八首の歌が採られていて、同時代の清少納言《せいしょうなごん》と才を競ったが、どちらかと言えば、式部は内省の人であった。清少納言が道隆《みちたか》一門の没落していく中で中宮定子《ていし》への敬愛の念と自らの才知を精いっぱい誇示しようとしたのに対し、式部は自らが仕える彰子や道長一門の栄華の中にあって深く自己の内面を見つめているのである。

紫《むらさき》式《しき》部《ぶ》（生没年不詳）

物語文学の最高傑作である『源氏物語』の作者。他に『紫式部日記』『紫式部集』（私家集）がある。父の為時《ためとき》は藤原北家とはいえ傍流で、国司を歴任する中流受領《ずりょう》階級であった。同時代の才女である清少納言と並び称される。その背景には道隆・道長兄弟の確執があった。

五九

物思へば沢のほたるもわが身より
あくがれ出づるたまかとぞ見る

後拾遺和歌集

和泉式部《いずみしきぶ》

和泉《いずみ》式部は多情多恨の歌人である。奔放に恋する肉体と自省する意識のはざまで悩みながら、激しい恋の歌を数多く残している。

和泉式部は初め橘道貞《みちさだ》と結婚し小式部内侍《こしきぶのないし》を産むが、間もなく不和となり、為尊《ためたか》親王（冷泉《れいぜい》天皇の皇子）と恋に落ちる。その親王とわずか一年ほどで死別したのち、「夢よりもはかなき世の中を歎きわびつつ明かし暮らす」（和泉式部日記）うちに、突然、弟宮の敦道《あつみち》親王との熱烈な恋が始まり、永覚《えいかく》という子までなす。しかし、その恋もまた親王の死（一〇〇七）で終わってしまう。

悲しみのあまり、「すてはてむと思ふさへこそ悲しけれ君になれにしわが身と思へば」と、出家して尼になろうかと思い悩んでいた和泉式部だったが、そのころ栄華の頂点へと向かっていた道長に歌才をかわれて、中宮彰子《しょうし》に仕えることになる。すでに、彰子のもとには紫式部や赤染衛門《あかぞめえもん》もいたから、まことに絢爛豪華な文化サロンの出現であった。

彰子に仕えた和泉式部は、源雅通《まさみち》、道命阿闍梨《どうみょうあじゃり》などとも浮名を流し、道長に「うかれ女」と評されるほどだったが、やがて道長の有能な家司《けいし》であった藤原保昌《やすまさ》と結ばれる。和泉式部はおそらく三十代半ばになっていただろう。保昌は『今昔物語』に「兵の家にて非ずと云へども、心猛《たけ》くして弓箭《きゅうせん》の道に達《いた》れり」と記されるほど武芸にすぐれ、歌もよくした。伝説の世界では源頼光《らいこう》と共に大江山の鬼退治に活躍した人である。

ここに挙げた歌は『後拾遺《ごしゅうい》和歌集』に採られている。その詞書《ことばがき》には、「男」と疎遠になって貴船《きぶね》明神に参詣した和泉式部が、みたらし川に飛ぶ蛍を見て詠んだ歌とある。蛍を見たのだから夜にちがいない。貴船神社は平安京の水源を守る神だが、男に捨てられた女が嫉妬のあまりに駆け付けて丑刻《うしのこく》参りをする神社としても知られている。そんな恐ろしい神に祈願してまで和泉式部がよりをもどそうとした「男」は、どうやら保昌であったらしい。『沙《しゃ》石《せき》集』には、保昌に遠ざけられた和泉式部が貴船神社に詣でて夫婦和合の祈りをする話も残されている。

「あくがれ出づる」は魂がその居場所を離れて浮かれ出すことをいう。貴船は京都洛北の山深くにある。すぐ北が鞍馬《くらま》山である。その深い闇夜に、熱もなく、夢幻のように燃える蛍の光を見た和泉式部は、それを恋に悩む我が身より狂おしくさまよい出た魂と見たのである。

和泉式部《いずみしきぶ》（生没年不詳）

受領《ずりょう》階級であった大江雅致《まさむね》の娘で、橘道貞と離婚したあと、為尊・敦道親王と関係を持つ。その後、道長の政治的権威の源泉であった中宮彰子に仕えたが、奔放な恋心は止むことがなかった。敦道親王との恋を記した『和泉式部日記』や私家集の『和泉式部集』がある。

六〇 この世をば我が世とぞ思ふ望月《もちづき》の欠けたることもなしと思へば

小右記

藤原道長《ふじわらのみちなが》

栄華を極めた男の歌である。しかも、これほど大胆で、屈託なく、栄華の絶頂にある者の真情を表出できるのは、藤原道長《みちなが》にして初めて可能なことであった。

道長は幸運の人である。鎌足《かまたり》・不比等《ふひと》以来、藤原氏は律令国家の要職を押さえてきたばかりか、その力のありったけを傾けて最高権威者である天皇との血縁を深め、母系が子を養育する日本の伝統を存分に利用して後宮《こうきゅう》を押さえ、摂関政治なるものを打ち立てた。それが絶頂期を迎えようとした長徳《ちょうとく》元年（九九五）、関白職にあった二人の兄、道隆《みちたか》、道兼《みちかね》が相次いで病死したのである。道長は労せずして氏長者《うじのちょうじゃ》となり、右大臣を拝命する。三〇歳のときであった。

道長は摂関家の必須条件である多くの娘にもめぐまれていた。長保《ちょうほう》二年（一〇〇〇）に彰子《しょうし》を一条《いちじょう》天皇の中宮《ちゅうぐう》とし、寛弘《かんこう》五年（一〇〇八）には敦成《あつひら》親王（のち後一条天皇）の誕生を見ている。さらに長和《ちょうわ》元年（一〇一二）に妍《けん》子《し》を三条天皇の中宮に、寛仁《かんにん》二年（一〇一八）には威子《いし》を後一条天皇の中宮とした。ここに、太皇太后《たいこうたいこう》（彰子）、皇太后（妍子）、中宮の並び立つ一家三后が現出したのである。前代未聞のことであった。この事態を招来するために道長はただ幸運を待っていたのではない。甥の伊周《これちか》排斥をはじめ、敵対する者たちを全力で排していった結果だったのである。

道長が望月の歌を披露したのは、『小右記《しょうゆうき》』によると、威子立后の祝宴があった十月十六日の夜であった。宴もたけなわとなったころ、上機嫌の道長は即興の歌であると断わって「この世をば」とうたい出したのである。歌が終わると、必ず返歌せよと命ぜられていた『小右記』の作者藤原実資《さねすけ》は「あまりに立派な歌なので返歌のしようがありませんから」と申し出て、満座の者にこの歌の唱和を提案している。宴席に居並ぶ者たちが数度にわたって望月の歌を唱和したことは言うまでもあるまい。

道長の栄華はここに極まった。それは鎌足・不比等以来、うまずたゆまず権力の地歩を築いてきた藤原氏の極点でもあった。だが、一たび満ちた月は欠けねばならない。このころから道長は健康に不調をきたし始める。糖尿病であったらしい。栄華を極めた道長は急速に世事への興味を失ない、寛仁三年（一〇一九）には出家して、壮麗な法成寺《ほうじょう》の建立に心を傾けるのである。

藤原道長《ふじわらのみちなが》
（九六六〜一〇二七）

藤原兼家《かねいえ》の第五子として康保《こうほう》三年に生まれた。兄の関白道隆・道兼が相次いで没したことから氏長者となり、一家三后を実現して、権勢並ぶ者がなかった。しかし望月の歌を詠んだ翌年には出家し、壮麗な法成寺を建立して御堂《みどう》関白と呼ばれる。万寿《まんじゅ》四年、六二歳で没した。

六一 君が代は千代に八千代にさざれ石の巌《いはほ》となりて苔《こけ》のむすまで

蓬莱山

国歌

言わずと知れた日本国歌である。「君が代」は「日の丸」と共に国家の象徴であり、日本選手がオリンピックで金メダルを獲得すれば必ず楽奏されるし、国技大相撲の千秋楽も国歌なしには終わらない。にもかかわらず、「君が代」を言寿《ことほ》ぐ歌は尊皇愛国の精神を強要するものではないかとして教育現場の一部で混乱があったために、平成十一年（一九九九）、新たに国旗・国歌法が定められるに至った。そうした中でも、「君が代」が現代日本人に最もよく知られた和歌であることは、案外、看過されているのである。

歌が初見されるのは『古今和歌集』である。その巻七「賀歌」の冒頭に、「題しらず」「読人しらず」の歌として見えているので、十世紀以前からうたわれていたことは確かである。しかし、その初句は「君が代は」ではなく「わが君は」となっている。

同様の歌は、十一世紀初めころ藤原公任《きんとう》が編集した『和漢朗詠集《わかんろうえいしゅう》』にも見えている。この朗詠集は和歌の権威が撰をしたのであるから、後世の歌謡への影響は大きかった。平曲、謡曲、小歌、浄瑠璃《じょうるり》、祭礼歌、さらには瞽女《ごぜ》の門付《かど》けにまでうたわれた。そうしたものの一つに「君が代は」とうたう薩摩《さつま》琵琶歌「蓬莱山《ほうらいさん》」もあった。

「君が代」は古くから、年賀の歌、祝いの歌として広くうたいつがれてきたのである。少なくとも千年以上にわたって練り上げられてきた民族の賀の歌である。そのうたわれ方からして、「君」が天皇を指すとはかぎらなかった。「さざれ石」は小石をいう。それが「巌《いわお》」となるのは、科学的常識に反するとか、いや小石が堆積して何万年もたてば礫岩が形成されるではないかなどと、したり顔に現代の科学を持ち出しての論争は意味がない。少なくとも古代人は、岩石も魂をもっていて時と共に成長すると考えていたのである。「苔のむすまで」も「千代に八千代に」と共に悠久の時の経過を示して、「君」の命の永遠であることを言寿いだのである。

明治になって国家の儀礼用の歌が必要となったとき、薩摩琵琶歌の「君が代」に奥好義《おくよしいさ》が雅楽風の曲を付け、宮内省伶人《れいじん》林広守《ひろもり》が多少の訂正を加えて、ドイツ人フランツ・エッケルトが洋楽風の和声をほどこした。試演は明治十三年(一八八〇)であった。この「君が代」が海軍の軍楽に用いられたのを皮切りに、明治政府の採用するところとなって、法律によることなく、いつの間にか国歌として普及してしまったのである。この過程も、まことに日本的ではある。

和漢朗詠集《わかんろうえいしゅう》

長和《ちょうわ》二年(一〇一三)頃、和歌の権威であった藤原公任が編纂。二巻からなり、上巻は春・夏・秋・冬、下巻は雑に分類され、平安時代に朗詠されていた和歌二一六首、詩文五八八首が集められた。これにより、歌謡の権威が高まり、後世の文芸にも多大な影響を与えた。

六二

金光明最勝王経音義

いろはにほへとちりぬるを　わかよたれそつねならむ
うゐのおくやまけふこえて　あさきゆめみしゑひもせす

いろは歌

日本人が幼少のころより口ずさむ歌である。子供には何とも不思議な音のつらなりで、それを意味も分からず舌の上に転がしていると、何やらありがたい呪文（真言）をとなえている心地さえしてくる。その中から「色」「常」「奥山」「夢」などといった言葉が浮き出し、少しずつ意識にしみこんでくるのである。

ある言語の字音のすべてを一回きり使って歌をつくり字母の記憶や手習いの役に立てようとするのは、英語でもアルファベットの歌が知られているが、それにも増して我が「いろは歌」には伝えるべき明確な思想がある。色は匂へど散りぬるを我が世誰そ常ならむ、と漢字混じりにして表記すれば、たちまち歌に無常感がただよってくる。見事なものである。

「いろは歌」の作者は空海《くうかい》と伝承されてきた。その『声字実相義《しょうじじっそうぎ》』に「五大みな響きあり、十界に言語を具す、六《ろく》塵《じん》ことごとく文字なり」と言い、風、声、字が一体となった真言《マントラ》を至上のものとした空海ならば、さもあらん、と思う。しかしこれは、後世の真言密教僧が開祖空海に仮託したもので、「いろは歌」の初見は「金光明最勝王経《こんこうみょうさいしょうおうきょう》音義《おんぎ》」(一〇七九)とされている。五十音図の出現はこれより半世紀ほど前である。いずれにしても、こうした現象はかな文字が発明され、かな文学が興隆した時代を背景に、日本語の字母に対しても分析の意識が注がれるようになった結果であろう。

「いろは歌」は涅槃《ねはん》経の四句の偈《げ》「諸行無常《しょぎゃうむじゃう》、是生滅法《ぜしゃうめっぽふ》、生滅滅已《しゃうめつめつい》、寂滅為楽《じゃくめつゐらく》」の翻案であるという。それを当時流行していた今様《いまよう》風の歌にしたところが秀逸であった。かくして、一般庶民の目に触れることのない「金光明最勝王経音義」の「いろは歌」が、今様歌として広く民間に流布することとなったのである。江戸時代には、かな文字の手習いとしてのみならず、「いろはかるた」を生み出したし、江戸の火消しも「いろは四十七組」である。忠《ちゅう》臣蔵《しんぐら》の「四十七士」は実のところ四十六士であったらしいが、日本人になじみの「いろは歌」の字数になぞらえた「仮名手本忠臣蔵《かなでほんちゅうしんぐら》」の成功によって「四十七士」が一般的になってしまったのである。

十世紀前半につくられた『和名抄《わみょうしょう》』という字書には、「母」の訓に「いろは」とある。偶然の一致ではあるが、「いろは歌」は日本人にとって母なる歌であったと言えよう。

いろは歌

いろは歌の四十七字には、濁音《だくおん》、撥音《はつおん》(はねる音)、拗音《ようおん》(母音の前に半母音をともなう音)、促音《そくおん》(つまる音)は含まれていない。また、ワ行のうち「ゐ」「ゑ」の音は現在使われていない。万葉時代には母音が八つあったが、いろは歌がつくられたころにはすでに消滅していた。

六三

梁塵秘抄

遊びをせんとや生まれけむ　戯《たはぶ》れせんとや生まれけん
遊ぶ子供の声聞けば　我が身さへこそ動《ゆる》がるれ

今《いま》様《よう》

「遊び」や「戯れ」を、取るに足りぬもの、不真面目な暇つぶし、とばかり考えてはいけない。「遊び」は神に歌舞音曲をささげる神祭りの行為に起源を求めることができるし、遊女はもともと神に仕えていた巫女《みこ》などの零落した姿である。仏教でも「遊戯《ゆげ》」といえば仏の境界にあそぶことをいう。「遊び」は人が神仏と交流する大切な機縁なのである。

遊びの本領は、日常世界の規範を離れ、それとは別の世界に身も心も解き放ち、そこに陶酔することにある。子供を神に近しい存在と考え、子供のような心やふるまいを理想とする日本人にとって、無心に遊ぶ子供の世界は浄《じょう》土《ど》の顕現《けんげん》であった。遊びに没頭する子供の声は、世俗の生活に追われる人の魂を揺り動かし、神仏の声に共鳴させるのである。

むなしく遊び暮らそうとしてこの世に生まれてきたのであろうか。ふざけた気持で面白おかしく暮らそうとしてこの世に生まれてきたのであろうか。そうではないはずなのに、無心に遊んでいる子供の声を聞くと、思わずこの身が引き込まれてしまう。最後の「動がるれ」は、我が身が外界に共鳴しておのずから動き出してしまうことをいう。標題に挙げた歌は今様《いまよう》で、『梁塵秘抄《りょうじんひしょう》』巻二「四句神歌」雑に見えている。

今様が盛んにうたわれて一時代を築いたのは十二、三世紀のことである。貴族社会の伝統的な短歌が技巧的な美の袋小路に迷っていくのに対し、今様は時代の思想と風俗を奔放に映して、貴賤を問わず当時の人々の喝采を浴びた。今様は当世風をいい、今日でいえば流行歌といったところである。

今様時代の頂点に立ち、『梁塵秘抄』十巻ならびにその『口伝集《くでん》』十巻を撰したのは、後白河院《ごしらかわ》である。『口伝集』によれば、後白河院は十余歳のころから今様に飽くことのない執心を見せて、春夏秋冬、昼夜うたい暮らし、精進練磨を一時も怠ることがなかったという。まさに今様狂いである。その道の上手がいると聞けば、遊女乙前《おとまえ》をはじめ身分の上下にかかわらず伝授を受け、ついに今様の最高権威者となった。

後白河院は保元《ほうげん》の乱(一一五六)から源平合戦(一一八〇〜八五)に至る動乱時代を生き抜き、鎌倉幕府を開いた源頼朝《よりとも》をして「大天狗」と言わしめた策謀の人であったが、政治そのものには興味を示さず、戦乱をよそにした今様狂いと三十四回に及ぶ熊野詣《くまのもうで》は、狂的ですらあった。この後白河院の「狂」は、すでに中世のものである。

今《いま》様《よう》

今様とは当世風で、言わば流行歌。七五調四句が一般だが、法文歌《ほうもん》には八五調四句が多い。平安中期に起こり、十一世紀前半に今様の名手藤原敦家《あついえ》が出て形式が整えられた。爆発的な流行を見せたのは平安末期から鎌倉初期で、これには後白河上皇の存在が大きかった。

六四　梁塵秘抄

仏も昔は人なりき　我等も終《つゐ》には仏なり　三身仏性具《さんじんぶつしやうぐ》せる身と　知らざりけるこそあはれなれ

今様《いまよう》

『梁塵秘抄《りょうじんひしょう》』巻二に「法文歌《ほうもんか》」雑法文として採られている歌である。インドで起こった仏教の讃詠歌《さんえいか》（梵讃《ぼんさん》）が、中国にわたって偈《げ》（漢讃）となり、それが日本語に翻案されて七五調の和讃となった。その一節四句が法文の歌としてうたわれ、当時の生活風俗を映した新興の歌謡などと共に「今様《いまよう》」として広く受容されていったのである。永《えい》承《しょう》七年（一〇五二）より末法《まっぽう》の世にはいったと信じられた時代を背景にして、今様は称名《しょうみょう》念仏と並び仏教の大衆化に大きく貢献したといえよう。

第三句は涅槃《ねはん》経の「一切衆生《いっさいしゅじゃう》、悉有仏性《しつゆうぶっしゃう》」による。「三身」は法身《ほっしん》・報身《ほうじん》・応身《おうじん》など三種の仏身をいう。つまり、人はみな仏性をもっているから悟《さと》りを開けば誰でも成仏できる、というのである。

第一句、二句は、なかなか過激な平等主義を含んでいる。確かに、仏陀《ぶっだ》（シャカ・ムニ）は釈迦《しゃか》国の王子として生まれ、俗人として成長した。そして三五歳のときブッダガヤで悟りを開いて仏陀となったのだが、これに「一切衆生、悉有仏性」を掛け合わせ、そこから第四句の「知る（悟る）」という契機を捨象してしまうと、死ねばみな仏になるという日本人の通俗な意識が生まれてくる。

日本人は死んだら誰でも仏になれるのである。刑事物のテレビドラマが死者（体）を「ホトケ」と呼んではばからないのは、その一証である。死によって自我は失なわれる。無我、無私を理想とする日本人にとって、死は誰にも等しく訪れる「悟りの境地」なのかもしれない。

『平家物語』では、ここに挙げた今様歌が少し歌詞を変えてうたわれている。平清盛《きよもり》に寵愛された祇王《ぎおう》は、今様の名手仏御前《ほとけごぜん》の出現によって無慈悲にも嵯峨野《さがの》（京都市右京区）の奥に追われてしまうが、後日、仏御前の無聊《ぶりょう》をなぐさめるために舞を舞えと清盛の館に呼び出される。その屈辱の中で、祇王は、

仏も昔は凡夫なり　我等も終には仏なり
いずれも仏性具せる身を　へだつるのみこそ悲しけれ

とうたい、「仏」に仏御前を重ねて、みな同じ人間ではないかと清盛の行為に抵抗するのである。

祇王は白拍子《しらびょうし》（遊女）であった。後白河院の今様の師であった乙前《おとまえ》も遊女である。他にも、くぐつ女《め》、琵琶法師、猿楽《さるがく》の徒など、遊芸をもって回国《かいこく》する者たちが今様の伝播者として活躍した。

梁塵秘抄《りょうじんひしょう》

平安時代末期に今様の集大成をめざして後白河院が撰集した。歌詞を集めた『梁塵秘抄』十巻とその『口伝集《くでんしゅう》』十巻からなっていたらしいが、現存するのは一部のみ。明治末に発見され、完全な形で残る『梁塵秘抄』巻二には、法文歌・四句神歌・二句神歌の部立がある。

六五

山家集

ねがはくは花のしたにて春死なん
そのきさらぎの望月《もちづき》のころ

西《さい》行《ぎょう》

西行《さいぎょう》は何とも気になる存在である。

家伝来の弓馬の道をもって平清盛《きよもり》と共に鳥羽《とば》院の北面《ほくめん》の武士として仕えていた若武者佐藤義清《のりきよ》が、にわかに妻子を捨てて出家し、非僧非俗の自由な境涯に身を置いて西行と名乗り、回国《かいこく》遊行して、こよなく月と桜を愛し、歌を詠み、その死後には後鳥羽院から「生得の歌人」「不可説の上手」と激賞され、『新古今和歌集』に九四首が採られて集中第一の歌人となった。その歌と生き方は、後世の文人に絶大な影響を与えつづけた。西行の出家遁世《とんせい》、回国遊行の跡を、どれほど多くの者が追慕したことだろう。そして西行が一たび足を止めたと思われるところには、桜が植えられ、西行庵なるものが建てられて、さらなる追慕のよすがとなった。

西行に名だたる歌は数多いのだが、ここに挙げた歌はその最たるものであろう。

「きさらぎの望月」は、「その」と限定して釈迦《しゃか》入滅の二月十五日を指す。現在の太陽暦なら三月下旬ごろで、温暖だった当時なら桜の花が咲こうかというころである。この歌の言葉にたがわず、西行は文治《ぶんじ》六年（一一九〇）二月十六日、河内《かわち》の弘川《ひろかわ》寺で亡くなった。真円の月がその死を照らしたにちがいない。

西行は自らの最ものぞましい死のかたちを前もって歌にうたい、そのとおりの死を迎えたのである。このことは都に伝えられて大きな感動を呼び起こし、時の人に西行の歌の真言たることを強く印象づけた。

西行は晩年、京都高雄《たかお》の高山《こうざん》寺にしばしば通い、明恵《みょうえ》上人に「一首詠み出でては一体の仏像を造る思ひをなし、一句を思ひ続けては秘密の真言を唱ふるに同じ」と語っている。西行にとって、歌は単なる言葉の芸術ではなかった。陀羅尼《だらに》がインドの真言であるように、和歌は日本の真言でなければならなかったのである。この思想は、万葉時代の言霊《ことだま》思想や、『古今和歌集』仮名序にいう「力をいれずして、天地《あめつち》をうごかし、目に見えぬ鬼神をもあはれとおもはせ、男女のなかをもやはらげ、たけきもののふの心をもなぐさむるは歌なり」という思想に通底するものである。

西行が讃岐《さぬき》（香川県）の白峰《しらみね》陵におもむいて、天下に大乱を起こさんと呪いをかけて崩じた崇徳《すとく》院に鎮魂の歌をささげ、また、治承《じしょう》四年（一一八〇）に勃発した源平の内乱を憂えて伊勢神宮に歌多数を奉納したのも、和歌が日本の真言ならば、善法を護持し障害を断つ力をもつと信じていたからに他ならない。

西《さい》行《ぎょう》（一一一八～一一九〇）

出家前の名は佐藤義清。藤原秀郷《ひでさと》から数えて九代目に当たる武門の出で、北面の武士として鳥羽院に仕えた。二三歳で出家、こよなく月と桜を愛で、二千百余首の歌を残す。将軍源頼《より》朝《とも》から弓馬の教えを乞われたこともある。文治六年、河内弘川寺で七三歳の生涯を終えた。

六六

新古今和歌集

石川や瀬見《せみ》の小川のきよければ
月もながれを尋ねてぞすむ

鴨《かもの》長《ちょう》明《めい》

「石川」は小石の多い浅い川をいう。「瀬見の小川」は京都下鴨《しもがも》神社の神域となっている糺《ただす》の森を流れる御手洗《みたらし》川を指す。周辺の宅地化がすすんだ戦後は涸れ川になっているが、かつては下鴨神社の末社御手洗社の下を湧水源とする豊かな水流があり、糺の森から鴨川へと注いでいた。この小川で水遊びをしていた玉依媛《たまよりひめ》（下鴨神社の祭神）が流れてくる丹塗りの矢を拾い、それを床のあたりに刺して置いたところ、一夜にして上賀茂《かみがも》神社の祭神別雷《わけいかづち》を孕《はら》んだとする伝説も残している。古代からの聖なる禊《みそぎ》の川であった。

鴨長明《ちょうめい》は下鴨神社の禰宜《ねぎ》であった父を早く亡くした。ために家職を同族の者に奪われてしまい、長明が辛苦して鴨川べりに小さな家をもったのは三〇歳も過ぎてからだった。京都の北山から流れ落ちてくる加茂川と高野川が合流して鴨川と名を改めるあたりには、広大な糺の森がひろがっている。下鴨神社の禰宜の子であった長明は、糺の森を流れる瀬見の小川に幼少のころより強い愛着をもっていたにちがいない。

「石川や」の歌は下鴨神社の聖なる禊の川（御手洗川）を言寿《ことほ》ぐもので、詞書《ことばがき》によると、鴨社の歌合《うたあわせ》で詠まれている。瀬見の小川の流れが清いので、そこに映る月までが澄んでいる、というのである。「すむ」に「澄む」と「住む」を掛けている。瀬見の小川の流れを尋ねて「すむ」月は、生涯、住家にこだわった長明自身のことであったかもしれない。

長明はこの歌によほど自信があったと見えるが、歌合の判者は「瀬見の小川」など聞いたことがないとして、長明の歌を負けにしてしまった。憤懣《ふんまん》やるかたなかった長明は、のちにこの歌が『新古今和歌集』に採られたとき、「生死の余執ともなるばかり嬉しく侍るなり」とまで感激している。

長明は『方丈記《ほうじょうき》』の作者として知られているが、笛、琴の名手であり、歌もよくして後鳥羽《ごとば》院の和歌所の寄人《よりうど》となっている。しかし、父の跡を継ごうと念願していた下鴨河合神社の禰宜職をまたもや同族の者に奪われてしまい、失意のうちに出家して大原の里にこもる。五〇も過ぎたころである。その後、日野《ひの》（京都市伏見区）に移り、組み立て、解体が自由にできる方丈の庵に住んで、「ゆく河の流れは絶えずして、しかも、もとの水にあらず」と、『方丈記』をしたためた。長明は「ゆく河」に鴨川や瀬見の小川をながめて暮らした日々を重ねていたにちがいない。その水の流れに託した長明の無常観は、仏教的な悟りというよりも、その生涯をふりかえっての実感であっただろう。

鴨《かもの》長《ちょう》明《めい》（一一五三～一二一六）

家系は鴨社代々の禰宜である。その職を一族の者に奪われ、五〇も過ぎたころ出家した。後鳥羽院の寵をうけ和歌所寄人となり、勅撰集にも二五首が採られた。『方丈記』の作者として名高い。他に『無名抄《むみょうしょう》』や『鴨長明集』（歌集）などがある。建保《けんぽう》四年、六四歳で没した。

六七

新千載和歌集

いざさらば行方《ゆくへ》も知らずあくがれむ 跡とどむれば悲しかりけり

建礼門院右京大夫《けんれいもんいんうきょうのだいぶ》

保元《ほうげん》の乱に始まった源平の争乱は、寿永《じゅえい》四年（一一八五）、壇《だん》ノ浦《うら》の合戦における平家の滅亡をもって終わりを告げる。このとき、八歳の安徳《あんとく》天皇は平清盛《きよもり》の妻時子《ときこ》に抱かれて三種の神器と共に海中に身を投じた。母后建礼門《けんれいもん》院《いん》（清盛の娘徳子《とくこ》）も天皇のあとを追ったが、はからずも源氏方にとらわれてしまう。時を同じくして、平重盛《しげもり》の次男資盛《すけもり》も海に消えた。

資盛の悲報を聞いて、愁嘆《しゅうたん》にくれた女性がいた。ここに挙げた歌の作者がその人で、彼女はかつて建礼門院のもとに仕えたことから建礼門院右京《うきょうのだいぶ》大夫と呼ばれていた。

右京大夫の父は能書家として知られ、『源氏物語』の注釈書ものした藤原伊行《これゆき》、母は箏《そう》の名手夕霧《ゆうぎり》である。両親の天分をうけついだ右京大夫は、徳子が高倉《たかくら》天皇の中宮（建礼門院）となった翌年（一一七三）、そのもとに出仕するとたちまち貴公子たちの注目をあつめ、やがて平資盛との恋におちいる。資盛は一三歳のとき、平家をかさにきて、時の摂政藤原基房《もとふさ》の車に無礼をはたらいたこともある客気の青年で、右京大夫よりも何歳か年下であった。しかし、その恋も寿永二年の平家都落ちによって中断される。それにつづいて、資盛の訃報《ふほう》であった。

右京大夫は心のままに泣き暮らした。神仏にすがろうとしても恋の想い出にさいなまれて、ただ亡き恋人の面影を追う毎日であった。そんなおり、「いざさらば」の歌が詠まれたのである。

標題に挙げた歌は『新千載《しんせんざい》和歌集』に採られたものだが、『建礼門院右京大夫集』には「行方なくわが身もさらばあくがれん跡とどむべきうき世ならぬに」とある。神も仏も、願いをかなえてはくれない。こんなつらいだけの憂き世からのがれて、心のままに、あのお方のもとに浮かれ出ていこう、というのである。大意は変わらぬが、初句に「いざさらば」と告げる方は右京大夫の思いがそのまま歌になっていて、魂はひたすらあの世の資盛をめざしている。「わが身」も「うき世」も忘れてしまった「悲しかりけり」の結句からは、右京大夫の深い断念がただよってくる。

歌とはうらはらに、右京大夫はよく長寿を保った。貞永《じょうえい》元年（一二三二）に『新勅撰和歌集《しんちょくせんわかしゅう》』の勅をうけた藤原定家が、晩年の右京大夫に昔の歌を求め、その作者名をどうするか尋ねたとき、「昔の名こそとどめまほしけれ」と建礼門院右京大夫の名を答えている。昔の名に資盛との恋の跡をとどめようとしたのである。

建礼門院《けんれいもんいん》右京大夫《うきょうのだいぶ》（生没年不詳）

藤原伊行と夕霧の娘として保元二年（一一五七）ころに生まれている。承安《しょうあん》三年（一一七三）秋に建礼門院に仕え、五年後の治承《じしょう》二年（一一七八）に宮廷を退いた。三百余首の歌を日記風につづる『建礼門院右京大夫集』がある。平家滅亡を背景にした悲痛で哀切な調べが多い。

六八 新古今和歌集

見渡せば花ももみぢもなかりけり 浦の苫屋《とまや》の秋の夕暮れ

藤原定家《ふじわらのていか》

藤原定家といえば、日本の正月に欠かせぬ歌かるた「百人一首」が、まず想い浮かぶ。定家の「小倉百人一首」は、『古今和歌集』から『新古今和歌集』に至る八代の勅撰和歌集より、百人の歌人の代表歌それぞれ一首を選んだ短歌のアンソロジーである。それを定家の子為家《ためいえ》が、一部の歌人を入れ替えたり、歌を差し替えたりして、現在のかたちになったとされている。恋の歌が四三首と最多を占め、女流歌人も少なくない。

百人一首は後世の歌の手本となったが、それが江戸時代に歌かるたとなって以来、日本人は遊戯の中で民族の古典を学習できるという幸運にめぐまれたのである。江戸時代の天明期《てんめいき》にブームとなった狂歌も、百人一首による古典の大衆化に負うところが大きかった。まわりの誰も本歌を知らないのでは狂歌が得意とした本歌取りも何もあったものではないからである。

藤原俊成《しゅんぜい》の次男として歌の家に生まれた定家は、治承《じしょう》四年（一一八〇）、一九歳のとき、源平争乱の勃発する中で「紅旗征戎《こうきせいじゅう》は吾が事に非ず」と、戦乱の世情を超越して美の世界に向かう決意を日記にしたためている。藤原道長《みちなが》の時代を頂点として王朝美の伝統が崩れようとしていた。武力をたのんで武家が台頭する中で、定家は「古今」以来の美の伝統に立ちながら、なおそれに飽き足らず、幽玄に代表される新「古今」の新風を追求した。

ここに挙げた歌は文治《ぶんじ》二年（一一八六）、定家二五歳のとき、西行《さいぎょう》が伊勢神宮に奉納した「二見浦《ふたみがうら》百首」の勧進《かんじん》に応じてうたわれた。『新古今和歌集』巻四には、同じく「秋の夕暮れ」で結ぶ、寂蓮《じゃくれん》の「さびしさはその色としもなかりけり真木《まき》立つ山の秋の夕暮れ」、西行の「心なき身にもあはれは知られけり鴫《しぎ》立つ沢の秋の夕暮れ」と並べて採られていて、世に「三夕《さんせき》の歌」として名高い。

「苫屋」はスゲやカヤで編んだ苫ぶきの侘《わび》しい家をいう。定家の歌は、花も紅葉もない秋の夕暮れの物さびしい情景をうたっているように見えるが、伝統美そのものである花・紅葉を排除し、あえて視界から隠すことによって、逆に、その眼前ならざる美＝幽玄美を映し出そうとしたものである。

俊成・定家以降、歌人は歌の専門家となり、美の規範や権威をもっぱらにし、古今伝授《でんじゅ》の中で現実から遊離して唯美主義の袋小路に迷っていく。貴族中心の歌壇は急速に活力を失ない、継承されたものの中にしか価値を見い出せなくなっていくのである。

藤原定家《ふじわらのていか》（一一六二〜一二四一）

藤原俊成の子として応保《おうほう》二年に生まれる。一九歳より日記として『名月記《めいげつき》』を記す。後鳥羽《ごとば》院の下で再設された和歌所の寄人《よりうど》に列して『古今和歌集』の撰集にあずかった。家集『拾遺《しゅうい》愚草《ぐそう》』に三千六百余首を残す。当時一流の歌人であると共に歌学者、国文学者でもあった。

六九 新古今和歌集

奥山のおどろがしたもふみ分けて 道ある世ぞと人にしらせむ

後鳥羽院《ごとばいん》

後鳥羽院《ごとば》は源平争乱の勃発した治承《じしょう》四年（一一八〇）に高倉天皇の第四皇子として生まれ、四歳で天皇、一九歳のとき亡き祖父後白河院《ごしらかわ》の跡を追って上皇となった。若くして帝王の道をめざした後鳥羽院は、蹴《け》まり、琵琶、笛、今様《いまよう》などの芸能はもちろん、宮中の有職故実《ゆうそくこじつ》に通じ、武芸にも抜群の技量を示されたが、中でも歌の道に際立っていた。連歌の発展にも功績があった。

後鳥羽院は建仁《けんにん》元年（一二〇一）に史上に例を見ない大歌合《うたあわせ》「千五百番歌合」をもよおし、和歌所を復活して、元久《げんきゅう》二年（一二〇五）には自ら『新古今和歌集』の撰集をなしている。この勅撰集に対しては何度も増補、削除を加え、後年、隠岐《おき》島（島根県）に配流されてのちも更なる改訂を加えるという執心ぶりであった。

標題に挙げた歌は、承元《しょうげん》二年（一二〇八）の住吉歌合で「山」を題にしてうたわれている。「おどろ」は草や茨《いばら》の生い茂ったところをいう。「ふみ分けて」の句に「日本国中余す所なく帝王の道が行なわれる世にしたい」とする後鳥羽院のなみなみならぬ決意がうかがわれる。

中世がその理念とした「道」は、もともと仏教に由来するものであったが、やがて歌の道、武士《もののふ》の道など家職に対しても使われるようになる。「道」は長きにわたって継承されてきた正しい規範であり、その実践を通して普遍的な真善美の境地に達しようとするものであった。『新古今和歌集』仮名序に、和歌は「世を治め、民をやはらぐる道」とある。歌の道は帝王の道でもあったのである。

帝王の道をめざした後鳥羽院には、何かにつけて武力をたのむ鎌倉幕府の存在は許しがたいものであった。そんな後鳥羽院にとって、院の寵愛する西の御方の妹を妻に迎え、和歌にいそしむ三代将軍源実朝《さねとも》は、一つの希望であった。実朝もまた「山はさけ海はあせなむ世なりとも君にふた心我あらめやも」の歌をものして、後鳥羽院への忠誠心をかくさなかった。

ところが、建保《けんぽう》七年（一二一九）、その実朝が暗殺されるに及んで、後鳥羽院はついに承久《じょうきゅう》の乱に打って出る。しかし、時代はすでに武家のものであった。亡き頼朝《よりとも》の妻で尼将軍と呼ばれていた北条政子《まさこ》の檄《げき》にふるいたった鎌倉幕府軍の前に京方の軍勢はあっけなく敗れ、承久三年（一二二一）、後鳥羽院は隠岐島配流の身となった。これによって、幕府こそが真の支配者であると天下に示されたのである。

後鳥羽《ごとば》院
（一一八〇～一二三九）

以仁王《もちひと》が平家追討の兵を挙げた治承四年に誕生した。四歳のとき、平家と共に西走した安徳《あんとく》天皇のあとを襲って即位。一九歳で譲位して院政を敷く。四二歳のとき討幕を志すが、承久の乱に敗れ、隠岐島に流される。配所にあること一九年にして、延応元年、六〇歳で崩御。

七〇

金槐和歌集

大海《おほうみ》の磯《いそ》もとどろによする波　われてくだけて裂《さ》けて散るかも

源《みなもとの》実《さね》朝《とも》

建久《けんきゅう》三年（一一九二）、源頼朝《よりとも》が征夷《せいい》大将軍に任命された年、実朝《さねとも》はその次男として生まれた。五百年にわたる律令国家体制の一大変革となった幕府体制の申し子といえよう。建仁《けんにん》三年（一二〇三）、兄の二代将軍頼家《よりいえ》が北条氏によって排されると、実朝はわずか一二歳で将軍になった。

将軍実朝は一四歳のときから歌作を始めている。撰集されたばかりの『新古今和歌集』が鎌倉に到着した年だから、その仮名序に「世を治め、民をやはらぐる道」とされた和歌をよくすることは治者のつとめとして、歌作をすすめる者があってのことであろう。その期待に応えて、実朝は一八歳のときには歌壇の大御所である藤原定家に歌三〇首を送って添削を乞うほどに熱心であった。実朝の歌をあつめた『金槐《きんかい》和歌集』が成ったのは建暦《けんりゃく》三年（一二一三）、二二歳のときであった。この年、定家より『万葉集』を贈られて、いたく感激している。

実朝は、賀茂真淵《かものまぶち》がその万葉ぶりを称賛して以来、万葉調歌人として高く評価されてきた。標題に挙げた歌はその代表的なもので、斎藤茂吉《もきち》は「強烈に雄大な光景はまことに心地よい」と絶賛した。下句の接続助詞「て」の連続も効果的だ。その一方、小林秀雄はこの歌に青年将軍の孤独と憂悶《ゆうもん》を見ている。いずれを採っても間違ってはいまい。さまざまな解釈を生むこと自体、歌の非凡な証しである。

この歌に類似する表現はすでに『万葉集』に見えていると指摘されているが、何かにつけて京風をよろこび、京都の歌壇に傾倒していた実朝が万葉調の歌を志したとも思われない。むしろ、新古今の歌風にあこがれながらも、遠く鎌倉の地にあったために直接の影響をまぬかれ、青年実朝のおのずからなる個性が万葉ぶりの歌となって発現したというべきであろう。

その一方、実朝には「世の中は鏡にうつるかげにあれやあるにもあらずなきにもあらず」とニヒリズムをただよわせた歌もある。北条氏に政治の実権を奪われた名のみの将軍という無力感もあったであろうが、それにしても二〇歳そこそこの青年の歌なのである。大海から寄せてきた波が割れて砕けて裂けて散るさまを凝視している実朝の目には、案外、源氏や我が身の未来が幻視されていたのかもしれない。

建保《けんぽう》七年（一二一九）正月、実朝は右大臣拝賀のため鶴岡《つるがおか》八幡宮（鎌倉市）におもむいたが、そこで頼家の子公《く》暁《ぎょう》に暗殺される。二八歳であった。

源《みなもとの》実《さね》朝《とも》（一一九二〜一二一九）

鎌倉幕府が成立した建久三年、将軍源頼朝の次男として生まれた。母は北条政子《まさこ》。兄頼家が二代将軍を追われたのち、一二歳で征夷大将軍に任ぜられる。京風文化を好み、二二歳のときに『金槐和歌集』を編んでいる。建保七年正月、鶴岡八幡宮拝賀のおり暗殺された。

七一

新葉和歌集

都だにさびしかりしを雲はれぬ
吉野《よしの》の奥の五月雨《さみだれ》のころ

後醍醐《ごだいご》天皇

古くは天皇をスメラミコトと言った。天皇が発した言葉はミコトノリであり、その命令をもって諸国を治める国司はミコトモチであった。いずれにも共通するミコト（御言＝御事）は、その行為者である神や天皇を指す言葉（命＝みこと）でもある。

日本の天皇は言葉そのものであり、世の平安を言寿《ことほ》ぐことが天皇の大切なおつとめであった。こうした伝統を体現して、摂政・関白も院も幕府もなかった時代、天皇親政の延喜《えんぎ》・天暦《てんりゃく》の時代こそ日本のあるべき姿と考え、その理想を終生追い求めた人が、後醍醐《ごだいご》天皇である。その行動とカリスマ性は天武《てんむ》・桓武《かんむ》といった古代天皇を彷彿《ほうふつ》とさせるものがあった。

後醍醐天皇は文保《ぶんぽう》二年（一三一八）に即位すると、院政を廃し、さらに幕府の打倒を試みる。しかし、二度にわたる倒幕計画に失敗して、元弘《げんこう》二年（一三三二）、隠岐《おき》に流される。かつて承久《じょうきゅう》の乱（一二二一）を起こして隠岐配流となった後鳥羽《ごとば》上皇は彼の地で崩じたが、後醍醐天皇は翌年、島を脱出し、楠木正成《まさしげ》の奮戦や足利尊氏《たかうじ》の寝返りによって、ついに鎌倉幕府を倒した。これが建武《けんむ》の中興である。だが、時代の流れを読み取れなかった天皇親政はあえなく失敗、後醍醐天皇は吉野に逃れて、光明《こうみょう》天皇（北朝）を立てた京都の足利幕府と対立する。

ここに挙げた歌は、後醍醐天皇が吉野の行宮《かりみや》において「五月雨」を題に詠まれたものである。華やかな都にあってさえ雨の日は気分がふさぎ、嫌なものである。それも五月雨、吉野の山奥とくれば、なおさらであろう。天皇の晴れやらぬ思いが梅雨どきのうっとうしい空模様と一つになって伝わってくる。

吉野は大海人《おおしあま》皇子（天武）がここに隠れたのち壬申《じんしん》の乱に勝利して以来、時の権力に反逆する者の潜む地であった。吉野山といえば花の名所として知られているが、その背後は修験道《しゅげんどう》の聖地大峰《おおみね》山系に至る山々がつらなる要害の地である。しかも付近の山の民は皇室に対する崇敬の念があつい。吉野山のふもとを流れる吉野川を使えば、伊勢や紀伊《きい》に出るのも容易である。京都の足利幕府と対決するには恰好の地であった。

だが、吉野に拠って三年足らずの延元《えんげん》四年（一三三九）、後醍醐天皇は思いを遂げることなく五二歳で崩じた。その遺詔は「玉骨《ぎょっこつ》はたとへ南山（吉野山）の苔に埋るとも、魂魄《こんぱく》は常に北闕《ほっけつ》（京都）の天をのぞまん」であった。以後、半世紀にわたって南北朝の争乱がつづくのである。

後醍醐《ごだいご》天皇
（一二八八～一三三九）

正応《しょうおう》元年、後宇多《ごうだ》天皇の第二皇子として誕生。三一歳で即位し、三年後に院政を廃して天皇親政を敷く。さらに理想の天皇親政を求める後醍醐天皇は、鎌倉幕府を倒し、建武の中興を成し遂げるが、新政は失敗、吉野に逃がれて南朝を開く。延元四年、吉野にて崩御した。

七二　道歌問答

門松《かどまつ》は冥途《めいど》の旅の一里塚
馬かごもなくとまりやもなし

一《いっ》休《きゅう》

「一休《いっきゅう》さん」といえば、頓智《とんち》をはたらかせて富や権力をかさにきる者たちをやりこめる庶民のヒーロー、中でも子供たちにはテレビアニメの世界で抜群の人気者である。日本人は権威や権力に対して原理原則をふりかざして闘うことを好まない。所詮《しょせん》、新しい権威・権力が生まれるだけだからである。そのかわり、権威・権力を支える「常識」の虚を衝《つ》いて笑いのめし、一時の溜飲《りゅういん》を下げようとしたのである。「一休さん」の人気の秘密はそんなところにあるのだろう。

ここに挙げた歌は、一休が知蘊居士《ちうんこじ》（蜷川親当《にながわちかまさ》）と詠み交わした「道歌問答」の冒頭に置かれているものである。「新年の年玉さまを迎えるめでたい門松」という常識を「冥途の旅の一里塚」とひっくりかえし、年が明けて何がめでたいか、一つ年を取って冥途に近づくだけではないか、というわけである。しかもこの旅には楽な乗物も休む宿もない。昨今は誕生日を迎えて一つ年を取る満年齢が一般だが、正月に一つ年を加えるという数え年を体験している年輩の人には、この一休の狂歌が身にしみるのではあるまいか。

一休が生まれたのは南北朝の合一がなった二年後の応永元年（一三九四）である。後小松《ごこまつ》天皇の御落胤《ごらくいん》であったらしい。六歳で禅門に入り、師を求めて転々としたあげく、二七歳のとき近江《おうみ》の堅田《かたた》（大津市）で闇夜に烏の声を聞いて大悟したという。以来一休は、破戒、奇言奇行をあえてして、自ら「風狂《ふうきょう》の狂客《きょうかく》」と称し、享楽にふける為政者、堕落した宗教界に痛烈な風刺を効かせた狂詩・狂歌を放ち続けた。

僧体に木剣を帯びて飄然《ひょうぜん》と堺の町に現われた一休が、竹竿の先にドクロをくりつけ、廓《くるわ》に登楼して、美貌の遊女地獄太夫《じごくだゆう》と歌を交わしたとする逸話は有名である。地獄太夫のただならぬ者であることを知った一休が「ききしより見ておそろしき地獄かな」と上句を詠みかけると、地獄太夫が即座に「往き来る人も落ちざらめやも」と返したので、さすがの一休も舌を巻いたという。一休、四〇歳のころである。

晩年の一休は、応仁《おうにん》の乱で衰微した大徳寺を再興する一方、田辺（京都府京田辺市）の酬恩庵《しゅうおんあん》に知蘊居士をはじめ、連歌の柴屋軒宗長《さいおくけんそうちょう》、俳諧の山崎宗鑑《そうかん》、侘《わび》茶の村田珠光《じゅこう》、能楽の金春禅竹《こんぱるぜんちく》など多彩な文化人をあつめ、禅と融合した日本文化の創成に大きく貢献している。また盲目の美女を溺愛《できあい》して、文明十三年（一四八一）、その風狂の生涯を閉じた。

一《いっ》休《きゅう》（一三九四～一四八一）

応永元年、京都に生まれた。後小松天皇の御落胤という。法名宗純。一休の道号は、二五歳のとき、師と仰いだ近江堅田の華叟宗曇《かそうそうどん》から与えられた。狂雲子とも号す。狂詩・狂歌をもって世を風刺した。文明十三年に八八歳で没した。田辺の酬恩庵に宮内庁管理の廟地がある。

七三

何事も夢まぼろしと思ひ知る
身にはうれひも悦《よろこ》びもなし

足利義政《あしかがよしまさ》

金閣寺《きんかくじ》、銀閣寺《ぎんかくじ》といえば京都観光の目玉だが、足利義満《よしみつ》の金閣が絢爛豪華にして開放的なのに対し、義政《よしまさ》の銀閣は古淡にしてどことなく陰気にこもった感じがぬぐえない。この歌もまた、暗い。仏教的諦観を色濃くただよわせたというよりも、義政のニヒリズムの深淵を垣間見せてくれる歌である。

南北朝の内乱を終息させ、「日本国王」を称した義満が没したあと、その子義教《よしのり》は幕府権力の伸長をはかって有力守護《しゅご》大名を圧迫したが、逆に赤松満祐《みつすけ》に殺されてしまう。そのあと、義教の子義勝《よしかつ》がわずか八歳で将軍職を継いだものの二年で急死し、弟の義政があとを継いだ。

思いがけぬ成り行きで将軍になった足利義政に政治の実権はなかったし、父の二の舞をあえてしようという覇気もなかった。十五世紀半ばの京都は打ち続く異常気象、大飢饉、土一揆《どいっき》に見舞われるが、その惨状をよそに、義政は室町御所の造営、猿楽《さるがく》見物、寺院参詣、茶の湯、唐物好みと、財を惜しまぬ享楽と趣味の生活に耽《ふけ》ったのである。ことに寛正《かんしょう》五年（一四六四）四月五日から三日間にわたって催された糺《ただす》の河原の勧進《かんじん》能は、将軍以下諸大名や僧、公家がにぎにぎしく参列し、「近来の壮観」とうたわれる華やかなものであった。そうした浪費をまかなうために、いっそうの課税が行なわれた。

さらに、政治のわずらわしさから逃れようとした義政は弟義視《よしみ》を自らの後継者に迎える。ところが妻の富子《とみこ》に義尚《よしひさ》が生まれて将軍職をめぐる争いとなり、そこに有力守護大名の内紛がからんで、応仁《おうにん》元年（一四六七）、ついに応仁の大乱が勃発する。蓄財になりふりかまわぬ富子は義尚の後見となって勝手放題、夫婦の不和は決定的となり、十余年にわたる大乱が終息すると、義政は面倒な政治からのがれて、憑《つ》かれたように東山山荘（のちの銀閣寺）の造営に没頭したのである。山荘は義政の風流生活の総仕上げとなるものだったが、財政難のため銀閣に銀箔をおすことはついにかなわなかった。

政治も妻も思うようにならない。世も人も乱れに乱れている。義政の作と伝えられる標題歌のごとく、何事も夢まぼろし、と無力感がつのればつのるほど、義政は美的生活への傾斜を強め、芸能にすぐれた同朋《どうぼう》衆を身近にあつめて風流の世界におぼれていった。しかし、それとて夢まぼろし、うれいも悦びもなく、義政のニヒリズムに底はない。彼もまた典型的な中世の人であった。

足利義政《あしかがよしまさ》
（一四三五〜一四九〇）

永享《えいきょう》七年、六代将軍足利義教の次男として生まれる。兄義勝が一〇歳で没したために、畠山《はたけやま》氏や細川氏など有力守護大名に擁されて八代将軍となる。優柔不断な義政の性格が応仁の乱の一因であった。延徳二年、五六歳で没した。私家集に『慈照《じしょう》院殿義政公御集』がある。

七四

何せうぞ　くすんで　一期《いちご》は夢よ　ただ狂《くる》へ

閑吟集

小《こ》歌《うた》

言葉をつぶてのように投げ付けてくる歌である。何になろう、まじめくさって過ごしたところで、人の一生は夢よ、ひたすら遊び狂うがよい、というのである。足利義政《よしまさ》とは違った明るく過激なニヒリズムで、日本の中世に生きた人たちの心情を見事にうたっている。管理社会に生きる現代人も、時にはふと、こんな気持になることがあるのではあるまいか。

中世が理念としたのは、「道」である。その代表は「歌の道」だが、道を究めるのは容易ではなかった。一生を通して、秘密や権威を伴なった厳しい修行、技術の練磨が要請される。それは宗教的修行と変わらないものである。いきおい、道を志す者は「くすんで」しまう。そんなつまらぬことを、所詮《しょせん》、人生は夢ではないかと一笑して、そこに「狂」を対置したのである。

「狂」は「道」があっての狂である。確かな規範や権威のないところで、「狂」は狂たりえない。既成の権威や常識に対する「風狂」、能に対する「狂言」、伝統の和歌に対する「狂歌」など、いずれも動乱転変の果てしなかった日本の中世が生み出した「狂」である。佐々木道誉《どうよ》を典型とする婆娑羅《ばさら》大名もまた、中世の「狂」に他ならない。

日本の中世は、保元《ほうげん》・平治《へいじ》の乱によって姿を現わした。その初めは後白河《ごしらかわ》院を頂点とする今様《いまよう》の全盛時代だったが、中世も押しつまった戦国時代になると、小歌が、先行するさまざまな歌謡と交流しながら心情の自由な表出を可能にして盛んにうたわれるようになっていった。

標題の小歌を採録している『閑吟集《かんぎんしゅう》』は永正《えいしょう》十五年（一五一八）に成った。その仮名序によれば、富士山を遠望する地に草庵を結んだ一人の桑門《そうもん》（僧、世捨て人）が、風雅な宴席にまじわっていた昔を懐かしく思い出すままに小歌、大和節、早歌《そうが》、吟句などを集録したという。その三一一首中、四分の三が小歌で、三分の二が恋の歌である。これは小歌の初期の担い手が白拍子《しらびょうし》や遊女といった女性の遊芸者であったことによるのであろう。この時代以降、恋の歌はもっぱら小歌のような宴席での歌謡に命脈を保つことになる。

『閑吟集』の編者は、その真名序において、小歌はひとり人間界のものにあらずして天地自然界の一切の声が小歌であり、仏典は「釈迦《しゃか》の小歌」、中国の三皇五帝の書は「先王の小歌」とまで言い切っている。ならば、小歌が日本中世を生きた人々の真言であって不思議はないのである。

小《こ》歌《うた》

「小歌」という言葉は、平安時代に宮廷で行なわれていた儀式歌謡を指す「大歌《おおうた》」に対して民間に流布した短形式の歌謡を指し、これは室町から江戸初期にかけて流行した。一方、「小唄」と言えば、江戸末期に起こり、今日まで流行している江戸小唄を指している。

七五

閑吟集

ただ人は情《なさけ》あれ　朝顔の花の上なる露《つゆ》の世に

小歌《こうた》

人に裏切られたり、人間関係にわずらわされたりしたとき、独り青い空を仰いでこの歌が聞こえてきたら、ついホロリと涙でも流してしまいそうな気がする。

朝顔の花は日が高くなる前にしぼんでしまう。それよりも早く、花の上の露は消えてしまう。「朝顔の花の上なる露」は、はかなきものの最たるものである。この句にしても、「ただ人は情あれ」にしても、中世の文芸にしばしば見られる常套句である。それを二つ並べただけの歌なのだが、「情あれ朝顔の花の上なる露の身なれば」（隆達《りゅうたつ》小歌）や「何か思ふ何とかなげく世の中はただ朝顔の花の上の露」（新古今和歌集）などに比べれば、連歌の付合《つけあい》を想わせる言葉の絶妙な配置はこれ以上に望みようもないものになっている。

この歌にある「情」は、「人情」「思いやり」の意に取れるが、同じく『閑吟集《かんぎんしゅう》』にある「ただ人は情あれ　夢の

夢の夢の　昨日は今日の古《いにしへ》　今日は明日の昔」などは男女の情愛を指している。いずれにしても言わんとするところは同じで、この世は、はかなく、むなしい、だからこそ、人の「情」をかけがえのないものとして希求しているのである。先に挙げた「ただ狂へ」にしても、ここに挙げた「ただ人は情あれ」にしても、この世の中をはかないものと見なし、それはそれとして受け容れながらも、なお人間的なるものに対する信頼を失なってはいない。これが中世を切り開いていった力である。

動乱に始まり動乱に終わった中世四百年は「道」を理念とし、そこに「狂」を対置した。それが近世になると、ことに文芸の世界では「情」が大きく立ち現われてきて、義理と人情のせめぎあいが重要なテーマになっていく。小歌にうたわれた「情」は、次の近世三百年を先取りする理念であったといえよう。『閑吟集』が成った永正《えいしょう》十五年（一五一八）は、織田信長が足利義昭《よしあき》を奉じて上洛する永禄《えいろく》十一年（一五六八）に先立つこと五〇年、近世はもうそこまで来ているのである。

『閑吟集』の真名序は、我が国の古代からの歌謡を神楽《かぐら》、催馬楽《さいばら》、早歌《そうが》（宴曲）、今様《いまよう》、朗詠、さらに猿楽《さるがく》の近江節や大和節まで挙げて、それでも「公宴に奏して下情を慰むるものは、それただ小歌か」と述べている。小歌は初め、今様と同じく白拍子《しらびょうし》、遊女、くぐつ女《め》などを担い手としていたが、やがて宴席の歌謡として、公家、武家から庶民に至るまで広く受け容れられていった。

閑《かん》吟《ぎん》集《しゅう》

永正十五年（一五一八）に成った歌謡集で、編者は柴屋軒宗長《さいおくけんそうちょう》とする説もある。勅撰和歌集になぞらえて「真名序」「仮名序」を付し、『詩経』三一一編に見立て小歌二二六首など三一一首の歌謡を集成している。中世の真情をなまなましい日常語で表現した歌が新鮮である。

七六

利休教諭詠百首

その道に入らんと思ふ心こそ 我が身ながらの師匠《ししやう》なりけれ

千《せんの》　利休《りきゅう》

茶道の心得や作法を初心者にも記憶しやすいように歌のかたちに詠みこんだ「利休《りきゅう》教諭詠百首」の、その冒頭に置かれた歌である。道を学ぶにあたっては、何よりも自ら学ぼうとする心が大切であり、それこそが持って生まれた第一の師匠であると説いている。「その道」とあるのは茶の湯にかぎらず、学芸一般にあてはまるだろう。

「利休百首」をまとめたのは裏千家十一代宗室《そうしつ》とされている。同様の歌は武野紹鷗《じょうおう》作として『群書類従《ぐんしょるいじゅう》』にも見えているので、古くから茶人の間に語り継がれてきた教諭歌を含めて、茶聖「利休」の名の下に集大成したものと思われる。「利休百首」には、他にも「ならひつつ見てこそ習へ習はずによしあしいふは愚《おろか》なりけり」や「はぢをすて人に物とひ習ふべしこれぞ上手のもとゐなりける」など、分かりやすく味わい深い歌が多い。

村田珠光《じゅこう》、武野紹鷗のあとを継いで侘《わび》茶の大成者となった千利休の権威は、初め織田信長、次いで豊臣秀吉の茶《さ》頭《どう》をつとめたことで大いに高められた。茶の湯は、連歌と同じく、人々が同じ場所に参会して人間関係を深めたり、調整したりするのに恰好のものであったから、信長はこれを政治にとりこみ、功績のいちじるしい者に名物茶器を与えたり茶会を開くことを許すなどして家臣団掌握に活用した。これを「茶湯御政道」といった。信長のあとを継いだ秀吉の天下統一事業においても、茶の湯は欠かせぬものとなっていく。秀吉の黄金の茶室や北野大茶会は世に有名である。

　秀吉のもとで利休は「内々の儀」をつかさどり、政治に隠然たる力をもつに至る。しかし、既成の価値をくつがえし常識にとらわれまいとする利休の思想や行動は、次第に、天下人となった秀吉の思わくと対立を深め、天正《てんしょう》十九年（一五九一）二月二十八日、利休はついに自刃《じじん》へと追い込まれていく。壮烈な割腹であった。その辞世の歌も、「提《ひっさぐ》る我得具足《わがえぐそく》の一太刀《ひとったち》今この時ぞ天に抛《なげう》つ」という激しいものであった。だが、この「天下の宗匠の非業の死」が、後世、天神となった菅原道真《みちざね》に同じく、茶聖「利休」の名声を高めたことは間違いない。利休が死んで一世紀半後に成った「利休百首」も、それにあやかったのである。

　江戸時代になると、さまざまな「道」が家職と結びつき、家元制度を生み出していく。茶道、華道はその代表だが、「複雑な作法を手順どおり習得していけば誰もがある程度の水準に到達できる」という日本的な教育の型をつくり出した功績は、看過できない。「利休百首」は、その一例である。

千《せんの》利休《りきゅう》
（一五二二〜一五九一）

堺の納屋《なや》衆であった千与兵衛の子として大永《だいえい》二年に生まれる。名は与四郎。一七歳で北向道陳に茶道を学び、次いで武野紹鷗に師事し、受戒して宗易《そうえき》と称した。織田信長、豊臣秀吉に仕え、天正十三年、勅許により利休居士を称する。天正十九年、七〇歳で自刃した。

七七　辞世

つゆとをちつゆときへにしわがみかな
なにはの事もゆめの又ゆめ

豊臣秀吉《とよとみひでよし》

近世の幕を切って落とした織田信長が本能寺《ほんのうじ》の変（一五八二）で倒れたあと、山崎の合戦で明智光秀を打ち破った秀吉は、信長の後継者として急速に頭角をあらわした。柴田勝家を破り、徳川家康も臣従させ、天正《てんしょう》十八年（一五九〇）には北条氏を討って、ついに天下統一を成し遂げる。一介の足軽《あしがる》が天下人となったのである。戦国時代の下剋上《げこくじょう》をこれほど見事に体現した人物は秀吉をおいて他にない。

しかし、絶頂を極めたとたん、目配り気配りにたけた秀吉の心のバランスが狂い始める。権力の魔性というべきか。天正十九年には千利休《りきゅう》を死に追いやり、翌年、明《みん》国征服の野望をもって朝鮮侵攻を開始する。次の年に秀頼《ひでより》が誕生すると、我が子への妄執《もうしゅう》をつのらせて甥《おい》の関白秀次《ひでつぐ》を切腹させたばかりか、その妻子三六人を三条河原で処刑するという有様である。このとき、秀次に近侍していた連歌師紹巴《じょうは》までが一時流罪になっている。そして慶長《けいちょう》三年（一五九八）、秀吉は盛大な醍醐《だいご》の花見を催したのちに病を得て、八月十八日、波乱の生涯を終えた。

死期が迫った秀吉の唯一の気がかりは、我が子秀頼のことであった。八月五日、秀吉は家康以下の五大老に対して、「返々《かへすがへす》秀より事たのみ申し候」と記す悲痛な遺書を残した。その前後には二度にわたって有力諸大名に誓書を書かせている。それでも秀吉の心は安まらない。夢うつつに秀頼の行く末を案じながら、十八日の死を迎えるのである。

ここに挙げたのは秀吉の辞世である。「なにはの事」は秀吉一代の栄華を象徴する大坂城とそこにあった秀頼のことに他ならない。この句をのぞけば、当時の歌謡にもうたわれていた通俗的な文句を並べただけの歌なのだが、その背景に秀吉六三年の生涯を置き、その前に天下人にもなすすべのない死の深淵を置いてみれば、確かに秀吉の魂の詠嘆が聞こえてくるのである。露と落ち、露と消えにし我が身かな。足軽より身を起こして天下人となった我が来し方も、愛児秀頼の行く末も、難波のことは夢のまた夢。

秀吉のあと天下を掌握した家康は、その老い先も短くなった慶長十九年（一六一四）、秀頼に無理難題をふっかけて大坂冬の陣を起こした。その翌年、大坂夏の陣において、秀吉一代で築き上げた豊臣家も秀頼も、大坂城の炎の中に消えた。秀吉の前代未聞の栄達も、秀頼のあっけない最期も、歌の真実を実証するためにあったかのように思われる。

豊臣秀吉《とよとみひでよし》
（一五三六～一五九八）

天文《てんぶん》五年、織田家の足軽木下彌右衛門の子として尾張《おわり》国中村に生まれる。二〇歳前後で織田信長に仕えた。出世に従って木下藤吉郎を羽柴秀吉に改め、天正十三年に関白となり、翌年には豊臣姓を賜っている。慶長三年、一子秀頼の行く末を案じながら六三歳にて没した。

七八 辞世

ちりぬべき時しりてこそ世の中の花も花なれ人も人なれ

細川ガラシャ

天下分け目の合戦であった関ケ原の戦いを前にして、細川ガラシャが徳川家康軍に従う夫忠興《ただおき》に残した辞世である。戦国乱世を生き抜いた女性の心意気を見事に表わしている。散り際をあやまたぬことの大切さをうたっているのだが、「世の中」と限定しているところがガラシャの生涯を重ねて秀逸である。

細川ガラシャは明智光秀の三女（次女・養女とする説もある）で、名を玉といい、美貌の人であった。天正《てんしょう》六年（一五七八）、一六歳のとき、主君織田信長の媒酌で細川忠興と結婚した。忠興は細川幽斎《ゆうさい》（当時は長岡藤孝《ふじたか》と称した）の長子。幽斎は信長に従う武人であるばかりか、古今伝授を受け、有職故実《ゆうそくこじつ》に通じ、連歌や茶の湯にも卓越した風流人であった。

天正十年（一五八二）、本能寺《ほんのうじ》の変が勃発する。光秀は玉の婚家である細川氏に援軍を乞うが、藤孝・忠興父子はこれに応じなかった。それればかりか、光秀が山崎の合戦で豊臣秀吉に敗北した後、玉は細川氏の領地であった丹後の山奥（味土野《みどの》）に幽閉されてしまった。幽閉中に、玉は忠興の次男興秋を出産している。二年後に赦されるものの、その間に忠興は側室をもうけていたのである。

天正十五年（一五八七）、忠興が秀吉の九州征討に従って出陣中に、玉はキリスト教入信の意を固める。しかし、すぐに思いは叶わない。やむなく、側近の小侍従に洗礼を受けさせて時機をうかがった。九州におけるキリスト教布教の実状に接して危機感を抱いた秀吉が、伴天連《ばてれん》追放令を発する。これに急かされるようにして、玉は洗礼を受ける。洗礼名は恩寵を意味する「ガラシャ」であった。

慶長《けいちょう》五年（一六〇〇）、徳川家康を除こうとして石田三成《みつなり》が挙兵する。このとき、三成軍は家康方大名の妻子を人質にしようとして、大坂の細川邸を包囲した。武家の妻子たるもの敵の手に落ちるわけにはいかない。信仰上、自殺の叶わなかったガラシャは「ちりぬべき」の辞世を残し、家臣の手によって果てた。

近世初頭の日本人には、西欧キリスト教文明に対して劣等感がない。かつての隋・唐文明に対したように「和魂漢才」を叫ぶこともなかった。異質な一文明に過ぎなかったのである。日本人がそれを脅威と感じ、「和魂洋才」をもって超克すべき文明と感じたのは、長い鎖国をへた二百数十年後、自然科学を武器に産業革命を遂行しつつあった十九世紀の西洋科学文明に対してであった。

細川ガラシャ
（一五六三～一六〇〇）

永禄《えいろく》六年、明智光秀の娘として生まれる。名は玉。一六歳のとき、信長の命により細川幽斎の長男忠興と結婚した。父光秀の本能寺の変により丹後の味土野に幽閉される。その五年後にキリスト教に改宗、洗礼名はガラシャ。慶長五年、関ヶ原合戦を前に三八歳で没する。

七九 **鷗巣集**

ももしきや松のおもはんことの葉の
道をふるきにいかでかへさん

後水尾《ごみずのお》天皇

「ももしき（百敷）」は宮中を指す。「松」には「待つ」を掛けていて、「おもふ」と共に「ことの葉」の縁語。「ことの葉」は、二葉になっている松の片葉を意味するだけでなく、「言の葉」でもある。「言の葉の道」といえば和歌の道であり、それはまた帝王の道でもあった。

この歌が詠まれたのは寛永《かんえい》四年（一六二七）八月のことである。技巧をこらした歌だが、その要点は、かつて後《ご》鳥羽《とば》上皇が理想とした王政復古を願いながらも、そこに至ることの困難さを嘆かれたところにある。

慶長《けいちょう》十六年（一六一一）、天皇権威の回復を悲願としていた後陽成《ごようぜい》天皇が譲位し、徳川幕府の後押しで後水尾《ごみずのお》天皇が即位した。このの ち、幕府は禁中並公家諸法度《きんちゅうならびにくげしょはっと》を制定（一六一五）し、二代将軍秀忠《ひでただ》の娘和子《まさこ》を女御として入内《じゅだい》させる（一六二〇）など、朝廷の圧迫、懐柔をすすめ、寛永四年（一六二七）七月には天皇が下した紫衣《しえ》勅許を無効にしてしまった。これに対し、かねがね幕府の朝廷対策に不満をつのらせていた天皇の怒りは譲位を口にされるほど激しかった。「ももしきや」の歌が詠まれたのは、そんなころであった。

その二年後、三代将軍家光《いえみつ》の乳母春日局《つぼね》が無位無冠の身で天皇に拝謁するという事態に立ち至って、突然、後水尾天皇は譲位を決行する。幕府への精一杯の抵抗であった。このとき天皇は「蘆原《あしはら》やしげらば繁れおのがままとても道ある世にあらばこそ」とうたわれて、幕府への憤懣のほどを示している。後鳥羽上皇の「奥山のおどろがしたもふみ分けて道ある世ぞと人にしらせむ」を踏んだ歌である。

後水尾天皇の譲位をうけて、中宮和子がなした興子《おきこ》内親王が即位して明正《めいしょう》天皇となる。奈良時代の称徳《しょうとく》天皇以来という異例の女帝であった。三四歳で退位した後水尾上皇は、禁中並公家諸法度にいう「天子は諸芸能の事、第一学問なり」を体したように、宮廷儀礼の復興につとめ、自らの才のおもむくまま、有職故実《ゆうそくこじつ》、学問、立花《りっか》、茶の湯などに深く親しまれた。なかでも和歌は、桂《かつら》離宮を造営した智仁《ともひと》親王が細川幽斎《ゆうさい》より受け継いでいた古今伝授をうけ、御集『鷗巣集《おうそう》』をものされている。さらに寛永十一年（一六三四）、幕府より一万石《ごく》の上皇御料をもらって経済の安定を得ると、そのすべてを注いで修学院《しゅがくいん》離宮の造営にかかるのである。

後鳥羽院を崇拝した後水尾院は譲位と歌によってしか「道」の何たるかを示せなかったが、幕府に一切の政治権力を奪われることによって、権威と伝統文化の体現者となった。現代の象徴天皇を先取りした姿といえよう。

後水尾天皇《ごみずのお》
（一五九六～一六八〇）

後陽成天皇の第三皇子として文禄五年に誕生。御名は政仁《ことひと》。一六歳で即位し、徳川二代将軍秀忠の娘和子を女御（のち中宮）に迎える。在位一八年で中宮和子のなした興子内親王に譲位。以来五一年、後院にあって学芸を尽くされ、和歌も千数百首に及ぶ。八五歳にて崩御。

八〇　辞世

風さそふ花よりもなほ我はまた
春の名残りをいかにとやせん

浅野長矩《ながのり》

元禄《げんろく》十四年（一七〇一）三月十四日、江戸城松之廊下。勅使《ちょくし》接待役浅野内匠頭《たくみのかみ》は思い詰めた形相で「この間の遺恨おぼえたか」と叫ぶなり、白刃《はくじん》をきらめかせて高家《こうけ》吉良《きら》上野之介《こうずけのすけ》に切りかかった。世に名高い「忠臣蔵《ちゅうしんぐら》」の名場面である。

内匠頭が殿中での刃傷《にんじょう》に及んだのは、上野之介に充分なワイロを贈らなかったために、勅使接待役の適切な指導をしてもらえなかったばかりか、何かと恥をかかされ、遺恨をつのらせたからという。内匠頭は潔癖な原則主義者であったらしい。この手の人は、自ら正しいと思うことをかたくなに押し通そうとするために、日本的な人間関係の中でおうおう破綻をきたし、悲劇を招く。五代将軍綱吉《つなよし》の裁断で内匠頭はその日のうちに切腹を命ぜられた。だが、憎っくき上野之介の傷は浅く、しかも何らおかまいなしであった。

内匠頭の切腹は日も暮れてから高張提灯の火があかあかと照らす庭上にて行なわれた。三五歳であった。ここに挙げた歌は、その辞世である。旧暦三月十四日といえば、桜の花もほとんど散っていただろう。「風さそふ」とあるのは、西行《さいぎょう》の「風さそふ花の行方は知らねども惜しむ心は身にとまりけり」を下敷きにしたのかもしれない。「なほ」「また」と重ねて畳みかけ、屈折していく言葉に、「いかにとやせん」と結ばなければならなかった内匠頭の残念がこもっている。

この時より翌年十二月十四日夜の吉良邸討ち入りに至る赤穂《あこう》浪士の壮挙は、鎖国《さこく》下の泰平を謳歌していた当時の人たちに異常な感動を巻き起こした。当代一流の学者が義士の行為の是非を論じ、江戸町民は数知れぬ落首《らくしゅ》をつくって義士をたたえた。さらに、寛延《かんえん》元年（一七四八）になると、「仮名手本忠臣蔵」が大坂の竹本座で初演されている。以来「忠臣蔵」は日本人の最も愛好する国民的叙事詩となった。時も所も登場人物も、ぴったり型におさまり、事にあたっていかになすべきか、日本人の行動原理が余すところなく映し出されているのである。

毎年十二月十四日の義士祭のころになると、必ずと言ってよいほど「忠臣蔵」がテレビで放映されるが、そのドラマに欠かせぬものは、桜の花が散る庭で切腹する内匠頭とその辞世の歌である。そこに主君の存念を読み取ったからこそ、大石内蔵助《くらのすけ》も上野之介を討ち取らなければ武士の面目が立たぬと決意したのである。あの辞世がなければ吉良邸討ち入りがあったかどうか。

浅野長矩《ながのり》（一六六七〜一七〇一）

赤穂浅野氏は浅井長政《あざいながまさ》の三男長重《ながしげ》に始まり、安芸《あき》浅野氏は宗家になる。長矩は寛文《かんぶん》七年に生まれ、赤穂五万三千石《ごく》を継いだ。元禄十四年三月十一日に勅使接待役をおおせつかり、十四日に松之廊下で刃傷事件を引き起こして、即日、切腹となった。墓所は江戸高輪泉岳寺《たかなわせんがくじ》。

八一

石田先生語録

呑《の》尽《みつく》す心も今は白玉の
赤子となりてほぎやの一音《こゑ》

石田梅岩《ばいがん》

西欧において近代資本主義の精神となったのはプロテスタントの勤労倫理であったとされるが、江戸時代の心学《しんがく》は、それに比肩しえる日本の勤勉哲学であった。その基礎を築いた人が石田梅岩《ばいがん》である。

梅岩は貞享《じょうきょう》二年（一六八五）に丹波《たんば》国桑田郡（京都府）の農家に生まれ、八歳で京都の商家に奉公に出た。一度郷里にもどったあと、再度上京、勤めのかたわら独学で書を読み、人間の心について知りたいと思索をめぐらした。四〇歳を過ぎたころ、市井の隠者であった了雲《りょううん》老師に教えを乞うたが、なかなか悟《さと》りが得られない。梅岩は寝食を忘れるほど思い悩んだ。そして疲労困憊の極にあったある夜明け、うしろの森で雀の鳴く声に忽然《こつぜん》として悟りを得たという。

ここに挙げた歌は、そのときの梅岩の心境をうたったものである。「白玉」は至高のもの、けがれのない魂をいう。生まれたばかりの無心な赤子はもっとも神に近しい存在である。「赤」は還暦祝いに赤いチャンチャンコを着るように生まれ変わりの色でもある。何のたくらみもない「ほぎゃ」の一声は、心学の誕生を告げて、これ以上にふさわしいものはあるまい。

梅岩にとって、心を知るということは知る心と知られる心が別のものであってはならなかった。疲労困憊の中で、梅岩は、迷ったとも思わなければ悟ったとも思わない赤子のように自由でとらわれのない心を体得した。その悟りは、雀の声に没我状態となり、自然と心身が一つになることによって得られた。一休《いっきゅう》の先例を思わせるが、これは宗教的な悟りに限らず、日本人の等しく理想としてきた境地でもある。

享保《きょうほう》十四年（一七二九）、梅岩は誰でも自由に聴聞でき、しかも聴講料なしという私塾を京都に開いた。広く町人・農民を対象にして神儒仏の経典を自在に援用しながら、勤勉、倹約、正直を説き、日常生活がそのまま修行であり、仏の道、歌の道、武士の道があるように、それぞれどんな家職にも道があることを示した。梅岩の死後、これを「心学」と称し、その普及に勤めたのは手島堵庵《とあん》をはじめとする弟子たちであった。

心学の道歌には「わけ登る麓の道は多けれど同じ高嶺の月をみるかな」とある。悟りへの道は一つではない。宗教的苦行も商売の苦労も同じこと、それぞれの家職に励むことが悟りに至る修行であるとするのは、日本人の独創と言ってよかろう。それは今日のサラリーマン道、野球道なる言葉にまでつらなり、あらゆる分野において日本人の勤労精神を支えている。

石田梅岩《ばいがん》
（一六八五〜一七四四）

貞享二年、丹波国東縣《とうげ》村の農家に次男として生まれる。通称は勘平、梅岩は号。若くして京都の商家に奉公に上がり、小栗了雲に師事する。四〇を過ぎた頃、雀の声に大悟したという。四五歳のとき、京都で聴聞自由の講席を開き、布教を始める。延享《えんきょう》元年、六〇歳で没した。

八二 万載狂歌集

世の中はいつも月夜に米のめし
さてまた申し金のほしさよ

四方赤良《よものあから》

天明年間《てんめいねんかん》（一七八一～八九）、江戸の町に熱狂的な狂歌ブームが沸き起こった。その中心にいたのが四方赤良《よものあから》（大田南畝《なんぽ》のちに蜀山人《しょくさんじん》）で、子供までが「赤ら赤ら」と狂名を口にするほどのスーパースターであった。

江戸狂歌は唐衣橘洲《からごろもきっしゅう》ら若い武家子弟の同好会として始まっている。初め狂詩で名を上げた下級幕吏の赤良も仲間であった。世は田沼《たぬま》時代である。その時代の風潮に機智と滑稽《こっけい》とひやかしで対抗しようとする精神が、古典的な和歌の教養とあいまって江戸狂歌を生み、それが広く江戸庶民に受け容れられるところとなったのである。これには、百人一首によって和歌の古典が広く流布していたこともあずかっていた。赤良の狂歌「ほととぎすなきつるあとにあきれたる後徳大寺《ごとくだいじ》の有明《ありあけ》の顔」にしても、百人一首に採られている「ほととぎす鳴きつるかたをながむればただ有明の月ぞ残れる」（後徳大寺左大臣）という本歌に対する知識がなければ、その面白さは伝わりようがないのである。

ブームを決定的にしたのは、天明三年（一七八三）に四方赤良が刊行した『万載狂歌集《まんざいきょうかしゅう》』であった。「万載」は『千載和歌集《せんざいわかしゅう》』をもじり、「万歳《まんざい》」を掛けたものである。収録歌人には当時の著名人であった平賀源内《げんない》や五代目市川団十郎もいた。

赤良は本歌取りや縁語を駆使し、意表をつくセンスと切れのよいユーモアを身上として、江戸狂歌のもう一方の雄である唐衣橘洲と張り合ったが、標題に挙げた狂歌は、巧まず、さりげなく、江戸庶民の真情をうたっている。まず、夜の月と米の飯はいつもついて回るものだとする楽天的な江戸っ子の処生観を披露して、「さてまた申し」とあたりをうかがい、「金のほしさよ」と本音を吐いて見せるのである。商品経済のすすんだ田沼時代を見事に写している。

天明六年（一七八六）、権勢を誇っていた田沼意次《おきつぐ》が失脚、それにつづいて松平定信《さだのぶ》が質素倹約、文武奨励の新政を開始する。田沼時代と打って変わった窮屈な政治に対して「世の中に蚊ほどうるさきものはなし文武といふて夜も寝られず」という落首《らくしゅ》が江戸庶民の喝采を浴びたが、これが赤良の作ではないかと疑われたために、赤良は狂歌と絶縁し、役務に精励した。それでも赤良の名声はおとろえず、ほとぼりがさめると蜀山人を名乗って狂歌界に再登場するのである。

四方赤良《よものあから》（一七四九～一八二三）
寛延《かんえん》二年、下級幕吏大田正智の子として江戸牛込《うしごめ》に生まれている。四方赤良の外に、大田南畝、蜀山人などの別号でも知られる。一七歳で家督を相続し、狂詩・狂歌に長じて、天明狂歌ブームの火付け役となる。洒落《しゃれ》本・随筆などでも活躍し、文政六年、七五歳で没した。

八三 万載狂歌集

たのしみは春の桜に秋の月
夫婦中《なか》よく三度くふめし

花道《はなみちの》つらね

これこそ庶民の真言であろう。春には花見、秋には月見をたのしみ、夫婦円満にして三度の飯が食えるというのは、いかにも平凡だが、いつの世にあっても、これにすぐる幸せはあるまい。

春の花見は、もともと山の神を田の神として桜の木に迎える農耕予祝の行事であった。それが農耕と縁のない貴族社会に春の風流の最たるものとして取り入れられ、飽きることなく歌にうたわれてきた。江戸も中期になると、経済的な余裕をもってきた町人たちが花見を春の行事としてたのしむようになる。

秋の月見も穀物神である月への豊作感謝祭に起源をもつが、やはり花見と同じような経過をたどって庶民の風流となった。経済成長が止まった江戸中期以降、日本人は鎖国《さこく》によって閉ざされた民族のエネルギーを花鳥風月を愛することに注いだのである。

ここに挙げた狂歌の詞書《ことばがき》には「田舎興《いなかきやう》」とある。夫婦仲よく三度の飯が食えるのは、共働きする農家の特権であったかもしれない。そうした農民が江戸時代には絶対多数をしめていたのである。現代の多数派であるサラリーマン家庭なら夕食を一緒にすることさえむつかしい。朝や昼は家族が顔を合わせることもない。江戸末期、「たのしみは」で始まる歌五二首を連作した橘曙見《あけみ》も「たのしみは妻子むつまじくうちつどひ頭ならべて物をくふ時」と詠んでいる。こんな歌を眼《ま》の当たりにすると、物質的にめぐまれた現代と三度の飯がたのしみの江戸時代と、さてどちらがよかったかと考えさせられる。

花道《はなみち》つらねは五代目市川団十郎の狂名である。これは御家芸の「暫《しばらく》」で、花道の七三において長セリフの「つらね」をするところからきている。『古今和歌集』の歌人春道列樹《はるみちのつらき》のもじりでもある。また、「白猿《はくえん》」とも号した。つらねは舞台でも自作の狂歌を披露するほどの狂歌好きであったという。

標題の狂歌は『万載《まんざい》狂歌集』に採られているものだが、つらねの作品をあつめた『白猿狂歌集』に見えず、赤良《あから》の『巴人《はじん》集拾遺《しゅうい》』に収められているところから、赤良の作ではないかとする説がある。この狂歌の上の句に「さてまた申し金のほしさよ」と続ければ、赤良のものと考えられなくもない。

江戸狂歌は天明《てんめい》年間に熱狂的なブームとなってうたうべきことをうたってしまうと、鋭い機智と滑稽《こっけい》味を失ない、急速に衰えていく。まさに時代の歌であった。

花道《はなみち》つらね
（一七四一～一八〇六）

五代目市川団十郎の狂名。市川団十郎は元禄《げんろく》時代に荒事《あらごと》を創始した歌舞伎俳優市川団十郎を初代にして現代まで続く。屋号は成田屋。寛保《かんぽう》元年、四代目市川団四郎の子として江戸に生まれる。舞台での口上に自作の狂歌一首を添え、人気を博した。文化三年、六六歳で没した。

八四

自画賛

しきしまのやまと心を人とはば
朝日ににほふ山さくら花

本居宣長《もとおりのりなが》

桜は日本人に最も好まれた花である。古来、花といえば桜を意味した。花見は国民うちそろっての風流であり、稲作とも深い関係をもっていた。富士山が日本人の組織原理を象徴するものなら、集団でこぞって咲いてこそ美しく、しかもパッと散る桜は、日本人の行動原理を象徴するものといえよう。

本居宣長《もとおりのりなが》は桜をこよなく愛した。ことに吉野の山桜を愛して三百に余る歌を詠んだばかりか、「花はさくら、桜は山桜の葉のあかくてりて、ほそきがまばらにまじりて、花しげく咲たるは、又たぐふべき物もなく、うき世のものとも思はれず」（玉勝間《たまかつま》）とまで絶賛している。遺言によって、その墓には山桜が植えられた。山桜を好んだのは宣長の師賀茂真淵《かものまぶち》も同じで、「うらうらとのどけき春の心よりにほひいでたる山桜花」の歌を残している。

宣長は松坂（三重県）の木綿商の子として生まれたが、早く父を亡くし、二三歳のとき京都に遊学して医者を志すかたわら、古典や歌に傾斜していった。宝暦《ほうれき》十三年（一七六三）、三四歳のとき、宣長は松坂に立ち寄った真淵に初めて対面し、その導きによって『古事記』研究を志す。以来、三十余年を費やしてライフワークの『古事記伝』四十四巻を完成する。その最初の五冊を刊行したのが寛政《かんせい》二年（一七九〇）、六一歳のときであった。

標題に挙げた歌は、宣長が六一歳の還暦を期して自画像に書き添えた自賛である。「しきしまの」は大和の枕詞《まくらことば》だが、和歌を意味する「敷島《しきしま》の道」も重ねている。大和心（和歌）を「うき世のものとも思はれ」ぬ吉野の山桜の美しさにたとえ、宣長の思いを余すところなくうたっている。東の空にのぼる「朝日」は伊勢の天照大神《あまてらすおおみかみ》でもある。余談になるが、宣長は煙草好きであった。それにあやかってか、我が国の官営紙巻き煙草の第一号は宣長の歌にちなんだ「敷島」「大和」「朝日」「山桜」の四銘柄であった。

宣長は、唐心《からごころ》・儒仏を排して、大和心・神ながらの道によるべきとし、国学の大成者となったが、二〇歳のころから作り始めた和歌についても、「あはれの一言より外に余議なし」（阿波礼《あはれ》弁）とし、多くの歌論を残している。「あはれ」は、おのずからなる人間の感動である。それを心に深く感じたとき、その思いを歌にして晴らし、人の共感を得られるものにしなければならない、というのである。

自画賛が詠まれた寛政二年、幕府は朱子《しゅし》学を正学と定めている。その「さかしら」に宣長の歌は「大和心」を対置したのである。

本居宣長《もとおりのりなが》（一七三〇～一八〇一）

享保《きょうほう》十五年、伊勢国松坂に生まれる。二二歳で家業の木綿商を継いだが、翌年、医学修業のため京に上った。遊学中、小津姓を先祖の本居に戻し、名も宣長と改めている。真淵に師事した三四歳から三五年を費やして『古事記伝』を完成させる。享和《きょうわ》元年、七二歳で没した。

八五

亮々遺稿

さかしらに貧しきよしといひしかど今日としなればここらすべなし

木下幸文《たかふみ》

江戸時代後期の歌壇は、万葉風を重んじた賀茂真淵《かものまぶち》以来の国学派歌人に対して、古今風の「しらべ」を理想とする香川景樹《かげき》の桂園《けいえん》派歌人が大きな流れをつくっていた。これは「今の世の歌は今の世の辞にして今の世の調《しらべ》にあるべし」とする新風であった。

木下幸文《たかふみ》は文化三年（一八〇六）、二八歳のとき備中（岡山県西部）から上京して、洛東の岡崎（京都市左京区）に住んでいた香川景樹の門を叩いた。しかし、師や兄弟子との間に作風や感情の上のわだかまりがあって、翌年には景樹のもとを離れている。笈《きゅう》を負うて上京したものの、孤独の中で窮迫し、歌人として名を立てることもおぼつかない。食もすすまず、体はやせ衰えるばかりである。そんな中で、文化四年の大晦日がやってきた。

清貧を誇っていても、借金取りは押しかけてくる。金策のあてもない。自尊心の高い文学青年にとって、屈辱これにまさるものはない。グチや泣き言はもらすまいと思いながらも、母や姉がよこした便りをなつかしく想い出して、こんなことなら故郷の田でキビでも作っていた方が、と後悔する。

そうした切羽つまった気持が、おのずからなる歌になった。「今日」とあるのは、一年の支払日である大晦日をさしている。いくら「さかしら」を口にしても、借金取りは待ってくれない。「さかしら」は、自分は立派だと自信をもった言動をいう。「ここらすべなし」という結びに、赤貧に追いつめられてみなければ分からない万感の思いがこもっている。

大晦日から正月三日まで、「今年さへかくてくれぬと故郷の空をあふぎてなげきつるかな」「かにかくに疎《うと》くぞ人の成りにける貧しきばかり悲しきはなし」など、悲痛な歌が幸文の口をついてあふれ出した。素直な歌いぶりが、貧窮の悲しみをいっそう深く感じさせる。さらに、以後数か月の間に詠み継いだ歌も加えて、「貧窮百首」としてまとめられた。幸文はこのころ『万葉集』にも親しんでいる。「貧窮百首」が山上憶良《おくら》の貧窮問答歌に触発された歌詠であったことは容易に察せられる。

幸文は文政四年（一八二一）、四三歳で没した。亮々舎《さやさやのや》と号し、その歌集に『亮々遺稿』がある。文学を志しての上京、貧窮と挫折、故郷を想う、というパターンは、明治になって「はたらけど　はたらけど猶《なほ》わが生活《くらし》楽にならざり　ぢつと手を見る」とうたった石川啄木《たくぼく》を思わせる。

木下幸文《たかふみ》（一七七九〜一八二一）

安永八年、備中国長尾村に生まれる。二八歳のとき京に上って香川景樹の門を叩いた。門下において熊谷直好《くまがいなおよし》と並び立った。歌集に『亮々遺稿』、随筆に『亮々草子』がある。号にも使った「亮々舎」は、京都から移った大坂の住家の号である。文政四年、四三歳で没した。

八六 夢の代

地獄なし極楽もなし我もなし ただ有るものは人と万物

山片《やまがた》蟠桃《ばんとう》

天下の台所となった大坂で、米相場と大名貸しによって地歩を築いてきた升屋山片《やまがた》家が破産の危機に見舞われたとき、幼い当主を擁して升屋を救ったばかりか、年貢米を吟味するときに出る一俵あたり一合のサシ米に着目して膨大な利益を産み出すなど数々の新機軸を打ち出し、仙台藩はじめ全国数十藩の蔵元をつとめる大豪商へと導いたのが、別家筋の番頭であった山片蟠桃《ばんとう》である。その絶大な功により、文化二年（一八〇五）、五八歳のとき、蟠桃は山片家の親類並に取り立てられ、文政二年（一八一九）には幕府からも積年の功を表彰されている。近世の大坂を代表する商人であったと言えよう。

蟠桃は升屋の再興に尽力する一方、懐徳堂《かいとくどう》で儒学・天文学などを学び、享和《きょうわ》二年（一八〇二）より『夢の代《しろ》』の執筆を開始する。これは、合理主義、唯物論に立って、地動説を唱え、大宇宙論を説き、経済活動の自由を主張し、徹底した無神論を展開するものであった。途中、失明しながらも、文政三年（一八二〇）八月、蟠桃は最後の跋文《ばつぶん》を書き上げた。

その末尾に付されたのが、ここに挙げた歌である。詞書《ことばがき》に「死したる跡にて」とある。子孫に我が意を伝えようとするものだが、蟠桃の辞世と考えてもよかろう。私が死んだあとには地獄も極楽もない。我という自我も霊魂もない。この世にあるのは、ただ人と物だけである、という徹底した唯物論をうたっている。蟠桃はこれに並べて、もう一つ「神仏化物《ばけもの》もなし世の中に奇妙ふしぎのことは猶《なほ》なし」と詠んでいる。こちらは、さらに露骨である。この歌を残した翌年、蟠桃は七四歳で没した。

同時代のヨーロッパ人も驚くほどの合理主義、唯物論を説きながら、幕藩体制の下で成功をおさめた蟠桃は「封建の外はあるべからず」と体制擁護の立場をくずさなかった。身分秩序もかたくなに肯定した。筆名とした「蟠桃」も、その番頭という身分から取っているのである。

神仏を否定すると共に「我」をも否定したところに、蟠桃の伝統的な日本人が現われている。しかし、蟠桃の「我」は万物の前で消滅してしまい、自然と一つに溶け合うことはない。ただ人と物、その運動だけがある。「我思う、故に我あり」（デカルト）と「我」を原点にすえた近代西欧との決定的な相違も、そこにある。「我」を否定した町人階級は、その圧倒的な経済力にもかかわらず、ついに維新《いしん》の主体とはなれなかったのである。

山片蟠桃《やまがたばんとう》（一七四八〜一八二一）

寛延《かんえん》元年、播磨《はりま》国米田村に生まれた。本姓長谷川氏、通称を升屋小右衛門という。幼くして大坂に丁稚《でっち》奉公に出て、両替商升屋平右衛門（山片氏）に才腕を見出される。家業の傍ら懐徳堂に学び、さらに天文学や蘭学を麻田剛立《あさだごうりゅう》に学んだ。文政四年、七四歳で大坂に没した。

八七

良寛歌集

風はきよし月はさやけしいざともにをどり明かさむ老のなごり

良《りょう》寛《かん》

良寛《りょうかん》は宝暦《ほうれき》八年（一七五八）、越後出雲崎《えちごいずもざき》（新潟県三島《さんとう》郡出雲崎町）の神官を兼ねた名主の家に生まれた。「名主の昼行灯《あんどん》」と呼ばれた少年のころより、疑うことを知らぬ純真な心をもっていたとする逸話が幾つも伝えられているが、良寛一八歳の盂蘭《うら》盆の夜、一晩中、好きな酒をあおり、盆踊りに興じて、その翌日、仏門に入ってしまった。周囲を驚かせる突然の発心であったらしい。

二二歳で正式に得度した良寛は国仙《こくせん》和尚に従って備中（岡山県西部）の円通寺で十数年の厳しい修行をした。四〇歳も近くなって越後出雲崎にもどったが、勤皇の志あつかった父は皇室の衰微を嘆いて京都の桂《かつら》川に入水《じゅすい》自殺をしていたし、母は十年余り前に亡くなっていて、生家は没落の手前にあった。その門前にしばらくたたずんだ良寛は、飄然とそこから立ち去って転々と乞食《こつじき》生活をしたのち、国上《くがみ》山の五合庵《ごごうあん》にはいる。六〇歳のころには山を降りて山麓の乙子《おとご》神社境内に草庵を結び、「この里に手まりつきつつ子供らと遊ぶ春日は暮れずともよし」と、仏の道に遊ぶ生活を送った。

文政九年（一八二六）、老いの迫った良寛は島崎村（三島郡和島村）の木村家に身を寄せる。良寛を敬愛する年若い貞心尼《ていしんに》と親交を結んだのもこのころである。

標題に挙げた歌は、いつの年か定かではないが、おそらく島崎村にいたころであろう、七月十五日にうたわれている。真円の月の下、夜の清風を受けながら村人たちと盆踊りに一夜を明かしたのである。隣には貞心尼もいたであろう。老いの澄み切った心境を浮き立つような口ぶりでうたった良寛には、出家を決意した一八歳の夜と今が一つになっていたにちがいない。

良寛は万葉の歌を慕い、その語法を借りて詠んだ歌が少なくない。この歌の上の句も『万葉集』に類例をもつが、だからと言って、それが良寛の歌を貶《おとし》めることにはならない。民族共有の器を使いながら、そこにおのずからなる思いを満たし、それを歌にして口ずさんでみれば、まがうことなき良寛の歌になっているのである。

良寛は法を説かなかった。弟子を取ることもしなかった。世俗の名声などとは無縁に、自ら天真の生をたのしみ、それを示しただけだった。「世の中にまじらぬとにはあらねどもひとり遊びぞ我はまされる」と良寛はうたう。その歌も、中央歌壇の外にあって、おのずからなる世界をおのずからなる声でうたっただけなのである。

良《りょう》寛《かん》

（一七五八～一八三一）

宝暦八年、越後出雲崎の名主山本家の長男として生まれる。生家は名主と神官を兼ね、屋号を橘屋と言った。出家して良寛と称し、二二歳で得度、諸国で修行したのち故郷にもどり、五合庵に入った。晩年、島崎村で若い貞心尼と清らかな恋情をはぐくみ、七四歳で没した。

八八

海人の刈藻

宿かさぬ人のつらさを情にて朧《おぼろ》月夜《づきよ》の花の下ぶし

大田垣蓮月《れんげつ》

恋は下剋上《げこくじょう》と共に封建的身分秩序を乱す危険なものであったから、徳川幕府はこれを忌避して遊里に閉じ込めてしまった。ために、女性がその本領を発揮する恋の歌はおおっぴらにうたわれなくなり、江戸時代に女性歌人の影はうすくなってしまった。それでも幕末近くになると、出家して尼になり世俗のしがらみをのがれた女性たちが自らの声でうたうようになる。蓮月《れんげつ》尼もその一人である。

大田垣蓮月は寛政《かんせい》三年（一七九一）に京都に生まれた。名を「のぶ」という。父の名を明かせぬ故あって、生後間もなく知恩院《ちおんいん》（京都市東山区）の坊官の養女となる。生来、美貌の人であったが、次々に身近な人を失ない、二度目の夫と死別したのち、得度して蓮月を名乗る。三三歳であった。この美貌の尼に言い寄る男が絶えず、そのため蓮月は前歯を自ら欠いて操《みさお》を通したとする逸話まで残されている。それがまた蓮月の評判を高めた。

天保《てんぽう》三年（一八三二）、養父が死ぬと蓮月は洛東の岡崎（京都市左京区）に小庵をうつし、手ひねりの焼物をつくって、歌をよみ、書をかき、それをひさいで自活するようになる。岡崎は、歌人の小沢蘆庵《ろあん》、香川景樹《かげき》、木下幸文《たかふみ》らも住んだ風雅の地であったが、当時は一面の畑がひろがる京野菜の産地で、蓮月も「岡崎の月見に来ませ都人かどの畑芋にてまつらなん」の歌を残している。さしずめ、京の田舎《いなか》といったところである。

標題の歌は、蓮月が岡崎にいたある年の春のころ、粥《かゆ》のおかずにしようと豆腐を買いに出て、ふと吉野の桜を思い出し、旅費ももたずにふらふらと南に向かい、そのうち行き暮れて山家《やまが》に宿を乞うたものの許されず、やむなく桜の花の下に一夜を過ごしたときにうたわれた。「宿かさぬ人」のつれなさと蓮月を陶酔にさそう「朧月夜の花」を、人と自然という伝統的な対比にしてしまわないで、「人のつらさ」を「人の情」と読み替えたところに、蓮月の手柄がある。この歌は「情にて」の一句によって先行する類歌をしのぎ、蓮月の内よりあでやかに照り映える歌となって、当時の都人に大いにもてはやされた。

岡崎に六年ほど過ごしたあと、蓮月は転々と家を替える。幕末の京都では蓮月の歌を書き写した焼物や短冊《たんざく》は京土産として引く手あまたであったが、余計な蓄えは喜捨して清貧をつらぬいた。また富岡鉄斎《てっさい》をはじめ幕末維新《いしん》期の著名人と親交を結んだ。明治八年（一八七五）、蓮月は西賀茂（京都市北区）の神光院《じんこういん》で八五歳の最期を迎えている。その歌集に『海人《あま》の刈藻《かるも》』がある。

大田垣蓮月《れんげつ》
（一七九一〜一八七五）

寛政三年に京都で生まれた。父は伊賀上野城代家老であったらしいが、故あって知恩院の坊官の養女となった。二度目の夫と死別したのち得度し、蓮月を名乗る。その美貌と侠気で、多くの勤王の志士と親交をもった。明治八年、洛北西賀茂の神光院に没する。享年八五歳。

八九

落書類聚

泰平《たいへい》のねむりをさます上喜撰《じやうきせん》たつた四はいで夜もねられず

落首《らくしゅ》

嘉永《かえい》六年（一八五三）六月三日、前夜からの豪雨は止んでいたものの雲が低く垂れこめる浦賀《うらが》沖に、黒煙を吐く二隻の蒸気船と二隻の帆船が黒い巨体をあらわした。ペリー提督ひきいるアメリカ東インド艦隊である。旗艦サスクエハナは三千五百トン、当時の最新鋭の軍艦であった。ペリー提督は、驚きあわてて右往左往するばかりの幕府を巨大な艦砲で威嚇しながら江戸湾に深く入り込み、強引に国書を手渡して、来春には返書を受け取りに来ると宣言し、六月十二日、ようやく江戸湾から退去した。

黒船来航は鎖国《さこく》下の泰平をむさぼっていた日本人を驚愕させた。千石船《せんごくぶね》の何十倍もあろうかという巨大な蒸気船に圧倒され、江戸湾防備の砲台とはくらべものにならぬ強力な大砲に恐怖した。白村江《はくすきのえ》の敗戦、元寇《げんこう》にもまさる危機感が日本人を襲った。一部の知識人しか知らなかった近代西洋文明が、突然、国民の眼前に姿を現わしたのである。江戸の町は、早馬、飛脚、瓦版《かわらばん》が飛び交い、避難を始める者でごったがえしたが、その一方、物見高い町人は黒船見物にくりだしたばかりか、驚天動地の事態に大騒ぎする世相を狂歌にして皮肉った。中でも傑作は標題に挙げた落首《らくしゅ》である。

宇治茶の高級銘柄である「上喜撰」に「蒸気船」を掛け、「四はい（杯）」に「四隻《はい》」を掛けている。高級茶をたくさん飲むと興奮して夜眠れなくなるという裏に、黒船来航を前にして夜もおちおち寝られないでいる日本人を見事に表現している。それもひやかしの精神を失なわずにである。

ペリーの来航は、前もってオランダから通告されていたが、幕府はこれを無視して何の対策も取っていなかったのである。ペリーに続いて、七月にはロシアのプチャーチンが、アメリカに遅れをとるまいと四隻の軍艦をひきいて長崎に来航する。翌春、幕府は再来したペリーの軍事的圧力に屈し、定見もないまま、ずるずるとその場のがれをした挙句《あげく》、ついに日米和親条約を結び、二百年余にわたる鎖国は終わった。ここから幕末動乱の時代が始まるのである。

黒船来航に見られる「拳固《げんこ》を振り上げたアメリカ」への対応は、後に太平洋戦争に至る過程や戦後の日米貿易摩擦にもあらわれるように、日本人の外圧に対する原型をかたちづくることになる。外圧を巧みに使って日本の近代化や経済の高度成長を成し遂げることもできたし、堪忍袋の緒を切って破滅に至ることもあった。

落《らく》首《しゅ》

古代には政治批判としてしばしば童謡《わざうた》がうたわれた。次いで現われた落首は、狂歌体でもって世相や権力者を風刺し、批判した。建武《けんむ》中興のおりに二条河原に立てられた「二条河原落首」が有名である。近世になると、狂歌や川柳《せんりゅう》のかたちで痛烈な世相風刺がなされた。

九〇 書簡

かくすればかくなるものと知りながら已《や》むに已まれぬ大和魂《やまとだましひ》

吉田松陰《しょういん》

黒船来航という国難にあたって、救国、尊皇攘夷《そんのうじょうい》の大義の前に我が身を捨てることもいとわぬ歌として、また大和魂なるものを賞揚した歌として喧伝《けんでん》されてきた。あれかこれかの決断を迫られるときなど、つい口をついて出てくる歌でもある。

この歌は、嘉永《かえい》七年（一八五四）正月、ペリーが再び来航したとき、敵を知るには海外事情を実見しなければならぬと考えた吉田松陰《しょういん》が、ペリーの艦船で欧米に密航しようと企てたものの、あっけなく失敗して浦賀《うらが》奉行所に自首し、江戸の獄に送られる途中、高輪泉岳寺《たかなわせんがく》の前を通ったときに赤穂《あこう》の義士をしのんで詠まれたもので、兄杉梅太郎への書簡に記されている。松陰の密航計画は、かくすればかくなるものと分かっていた無謀な行動であった。已むに已まれぬ大和魂がそれを望んだのである。本居宣長《のりなが》の大和心は中国文明の「漢才」に「あはれの美学」をもって対峙《たいじ》したが、松陰の大和魂は西洋文明の「洋才」に破壊的な「行動の美学」で対抗しようとしたと言えようか。彼我の圧倒的な力の差が、それを強いたのである。

「美しくする」と「美しくなる」を対照してみれば、「する」には作為、人為が匂ってくるのに対し、「なる」には内発、自然のおもむきがある。日本人は「する」を嫌い、「なる」を好む。あえて言えば、「する」は意識的行為であり、「なる」は無意識的、自然的なるものの発現ということになる。過激な行動家であった松陰の大和魂が望んだのも「なる」に他ならなかった。

松陰は天保《てんぽう》元年（一八三〇）、長州《ちょうしゅう》藩の下級武士の子として生まれている。早くから学才をあらわして二二歳で江戸に遊学、佐久間象山《しょうざん》に師事するが、親友との約束を重んじて、あえて脱藩までして東北を遊覧する。ために士籍を廃されることに「なる」。それを許されて十年間諸国遊学の身と「なっ」た松陰は、象山の意をうけ、国禁を犯して無謀な密航を企てた結果、長州藩幽閉の身と「なり」、そこで松下村塾《しょうかそんじゅく》を開いて維新《いしん》の志士たちの鼓吹者と「なる」。のちに安政《あんせい》の大獄に連座したとき、松陰はあえて幕閣暗殺計画を告白して、自ら死を招くことに「なる」。その辞世は「身はたとひ武蔵の野辺に朽ちぬとも留め置かまし大和魂」であった。

大和魂とは、やっかいなものである。それが民族のスケールで発露すると、已むに已まれぬ真珠湾攻撃へと突き進んでしまう。それがもたらした未曾有《みぞう》の敗戦によって、日本は平和と繁栄の国と「なる」。そして、大和魂などと口にする者もいなく「なる」。

吉田松陰《しょういん》（一八三〇～一八五九）

天保元年に萩《はぎ》の東松本村に萩藩士の次男として生まれる。五歳のとき、萩藩の山鹿《やまが》流兵学師範吉田家の仮養子となる。密航を企てた罪で幽閉され、その間に松下村塾を開いて多くの維新の志士を育てた。安政の大獄に連座し、江戸に送られて刑死する。時に三〇歳であった。

九一 坂本龍馬桂小五郎遺墨

世の人はわれをなにともゆはばいへ
わがなすことはわれのみぞしる

坂本龍馬《りょうま》

維新《いしん》回天に活躍した志士の中でも坂本龍馬《りょうま》の名は一等高い。ことに現在のように先の見えない時代なら、なおさらである。

龍馬は、倒幕を決定づけた薩長同盟成立の第一の功労者である。「運輸、射利、開拓、投機」を約規にかかげて海援隊《かいえんたい》を創設し、貿易立国の日本を夢想した先駆者でもある。また、「船中八策」を構想して、日本が進むべき近代的統一国家の方向をいちはやく明示してもいる。したたかな現実主義者にしてロマンに満ちた行動と先見性、その気宇壮大な生き方は、確かに魅力的である。しかも、大政奉還《たいせいほうかん》が行なわれた一か月後に三三歳の若さで非業《ひごう》の死を遂げている。日本の英雄の条件にぴったりあてはまる。

龍馬は土佐の商人郷士《ごうし》の家に生まれている。一二歳のとき実母が亡くなったのち、龍馬の母親がわりとなって武芸から和歌・謡曲といった芸能まで手ほどきしたのは、姉の乙女《おとめ》であった。堂々とした体躯の女丈夫《じょじょうぶ》であったらしい。この姉に対する龍馬の信頼は厚く、ペリー来航の嘉永《かえい》六年（一八五三）、一九歳で江戸へ剣術修行に出て以来、龍馬は事あるごとに国許《もと》の乙女に手紙を書き、見聞した事件や自らの心境を、つつむところなく、自由奔放な筆致で伝えている。

ここに挙げた歌も乙女に書き送ったもので、「世の人」に「われ」を対置して、「わがなすことはわれのみぞしる」と、動乱の幕末に立ち向かおうとする風雲児の強烈な気概を余すところなくうたっている。これを可能にしたのが、散文でも詩でもなく、伝統の和歌であったということは大いに注意しておきたい。歌が詠まれた時期は不明だが、龍馬は文久《ぶんきゅう》二年（一八六二）に土佐藩を脱藩し、翌年には「日本第一の人物」と仰いだ勝海舟《かつかいしゅう》から神戸の海軍操練所塾頭を命じられて東奔西走しているから、その頃の歌かと思われる。

大坂の大商人であり合理主義者であった山片蟠桃《やまがたばんとう》は、封建社会を所与のものとして疑わず、「我もなし」とうたった。「我」を殺して無私となることは日本人の絶えざる理想なのだが、それはおうおうにして現実の体制を擁護することとなり、世渡りの術《すべ》となる。そうでなければ、「我が藩」「我が国」をかかげた滅私奉公である。それに対して、商人郷士から脱藩浪士となった龍馬は、高らかに「われ」をうたい、「われ」を変革の原点にすえた。明治維新に貢献した数知れぬ志士の中でも龍馬が異彩を放っているのは、この点である。

坂本龍馬《りょうま》
（一八三五〜一八六七）

天保《てんぽう》六年、土佐藩郷士として城下の高知本町に生まれる。一九歳で江戸に下り、千葉周作《しゅうさく》の門下に入る。時代を遠望して薩長同盟の締結を謀り、また海援隊を組織して海外雄飛を画策したが、大政奉還の一か月後、京都近江屋《おうみや》にて中岡慎太郎《しんたろう》と共に暗殺された。時に三三歳。

九二

短冊

思はじな思ひしことはたがふぞと
思ひ捨てても思ふはかなさ

西郷隆盛《さいごうたかもり》

西郷隆盛《さいごうたかもり》が短冊《たんざく》に書き残した歌で、第二次大戦後に発見された。わずか三十一文字に「思ふ」を四度も繰り返し、西郷の後悔とも諦念《ていねん》ともつかぬ心境を吐露して、維新《いしん》の英雄の思いがけない一面を垣間見せてくれる。

西郷は維新の元勲である。倒幕第一の功労者であり、果断にして大胆な軍略家であった。「敬天愛人」の人であり、名利にとらわれぬ無私無欲の人である。同時代の坂本龍馬《りょうま》によれば、「大きく叩けば大きく鳴り、小さく叩けば小さく鳴る」人物であった。西郷は日本人が求める理想的な指導者像を体現した人であったが、その生涯は歌にあるように挫折に満ちていた。

西郷が理想としたのは、英邁《えいまい》な君主（はじめは島津斉彬《なりあきら》、のちに明治天皇）による徳治政治であり、それを無私無欲の武士（軍人）が支える国家であった。しかし、余りにも理想主義的な西郷の「思ひしこと」は、つねに現実によって裏切られていく。

下級武士の西郷を庭方役として重用した藩主斉彬は理想的な君主であったが、志半ばにして没する。西郷は殉死を思いつめる。それを思いとどまらせた勤皇僧月照《きんのうそうげっしょう》を安政《あんせい》の大獄（一八五八）から救えぬとなると、西郷は月照と抱き合って錦江湾《きんこうわん》に入水《じゅすい》する。だが、はからずも蘇生してしまった西郷は、島津久光《ひさみつ》によって二度までも島流しになる。帰藩がかなった西郷はやがて藩の主導権を握り、坂本龍馬の仲介した薩長同盟を結んで一直線に倒幕へと突き進む。しかし維新政府は西郷の「思ひしこと」を裏切っていく。自ら死を覚悟して展開した征韓論《せいかんろん》にも敗れ、下野《げや》する。そして、不平士族にかつがれるまま西南の役（一八七七）に至るのである。

「思ひしこと」が「たがふ」たびに、西郷は標題歌の心境を味わったにちがいない。「思はじな」と思う。それでも思ってしまう。その「思ふはかなさ」を、西郷は死によって突破しようとした。斉彬のときも、月照のときも、征韓論のときも。そして最後が西南の役であり、西郷は「もう、ここらでよか」の言葉を残して果てたのである。

西郷を見ていると、この日本で理想を追い求めることは最大の不幸ではあるまいかと思われてくる。

その死後、不運の英雄は、「源義経《よしつね》＝ジンギス汗《かん》」にも似た伝説に包まれる。西郷は城山を落ち延びてロシアに逃れたとするのがそれで、明治二十四年（一八九一）、ロシア皇太子来日のおり、その軍艦に便乗して西郷が帰朝するとのデマは時の人々をおののかせ、ロシア皇太子襲撃事件（大津事件）の一因ともなったのである。

西郷隆盛《さいごうたかもり》
（一八二七〜一八七七）

文政十年、薩摩《さつま》藩の下級武士として鹿児島に生まれる。薩長同盟を結び、倒幕を果たして明治維新の元勲となるが、大久保利通《としみち》ら官僚派と相容れず、征韓論に敗れ、鹿児島に下野する。明治十年、政府に追いつめられた西郷は西南の役を起こし、城山にて敗死。五一歳であった。

九三 みだれ髪

やは肌のあつき血汐《ちしほ》にふれも見で
さびしからずや道を説く君

与謝野晶子《よさのあきこ》

日清戦争の前後より日本の産業革命が進行していくのと時を同じくして、短歌にも革新運動が始まる。それは明治三十年代になって正岡子規《しき》の根岸《ねぎし》短歌会と与謝野鉄幹《よさのてっかん》の新詩社《しんししゃ》に結実し、前者が写実主義、後者が浪漫主義をかかげて短歌界に新風を巻き起こした。

明治三十三年（一九〇〇）四月、鉄幹は浪漫主義の雄叫びを上げて『明星《みょうじょう》』を創刊する。その二号より投稿を始めて、たちまち『明星』を代表する歌人となったのが、鳳《ほう》（鉄幹と結婚して与謝野）晶子《あきこ》であった。翌年には早くも歌集『みだれ髪』が刊行される。恋愛への情熱によって高揚した浪漫精神に艶美で奔放な歌詞をちりばめた晶子の歌は、旧来の歌の世界のみならず、当時の封建的道徳にまっこうから挑戦するものとして、激しい賛否を呼んだ。ここに挙げた歌はその最たるものであろう。

明治三十三年十月の『明星』に発表されて以来さまざまに物議をかもした歌だが、晶子は旧秩序に挑戦するためにうたったのではない。日露戦争時に「君死にたまふこと勿《なか》れ」が反戦詩として激しい糾弾を浴びたとき「まことの心うたはぬ歌に、何のねうちか候《さうらふ》べき」と反論したように、晶子は自らの熱き恋心を率直にうたっただけなのである。その率直さが革新的だったのであり、そのことが、久しく青春の恋を謳歌《おうか》することのなかった和歌の世界に衝撃を与えたのである。同じく『みだれ髪』に採られた「その子二十《はたち》櫛にながるる黒髪のおごりの春のうつくしきかな」などは、和泉《いずみ》式部が「黒髪の乱れも知らず」とうたってのち絶えて見られなかった歌である。

晶子は明治三十三年一月、関西青年文学会堺支会の歌の会で僧河野鉄南を知って親しく手紙をやりとりするようになり、彼を通じて鉄幹から『明星』への投稿を乞われる。そして八月、晶子は西下した鉄幹と初めて出会って激しい恋愛感情を覚え、その翌日、鉄南に対して「失恋」を伝える手紙を送っている。十一月、晶子は妻子ある鉄幹と京都の宿で初めて結ばれる。こののちも、晶子はしばしば京都を訪ねて、「清水《きよみづ》へ祇園をよぎる桜月夜こよひ逢ふ人みなうつくしき」など鉄幹との恋の思い出をあでやかな歌に残している。

標題の歌が発表されたのが明治三十三年十月だから、晶子に「さびしからずや」と言わしめた「道を説く君」は鉄南か鉄幹か、何とも気になるところである。鉄幹も京都岡崎の寺の子として生まれている。共に「道を説く君」にふさわしい。

与謝野晶子《よさのあきこ》
（一八七八～一九四二）

明治十一年に大阪府堺市甲斐町の菓子商駿河屋の三女として生まれる。二十世紀最初の年である明治三十四年に、処女歌集『みだれ髪』を刊行し、鉄幹と結婚する。短歌の他にも『源氏物語』の現代語訳や詩・評論・童話・小説など幅広く活躍した。昭和十七年、六三歳で没した。

九四 竹の里歌

瓶《かめ》にさす藤の花ぶさみじかければ たたみの上にとどかざりけり

正岡子規《しき》

正岡子規《しき》は王政復古の大号令が下った慶応三年（一八六七）、松山藩の下級武士の子に生まれた。明治二十八年（一八九五）、国粋主義的な新聞「日本」の記者として日清戦争に従軍した子規は、その帰途、船中にて喀血し、その年の秋より東京根岸《ねぎし》の子規庵で永い病床生活にはいった。ここで根岸短歌会が生まれ、「明星《みょうじょう》」の浪漫主義に対《たい》峙《じ》する写実主義の拠点となっていくのである。

新聞「日本」に拠って俳句革新をすすめた子規は、明治三十一年（一八九八）、「歌よみに与ふる書」を同紙上に発表し、短歌革新をめざした。子規の論調は「貫之《つらゆき》は下手な歌よみにて古今集はくだらぬ集に有之《これあり》候《さうらふ》」といった激越なものであったが、その意図するところは『古今和歌集』以来の短歌の旧弊を払い、「自己が感じたる趣味を成るべく善く分かるように現す」ことにあった。つまり、「写生」の提唱である。子規の「写生」は現実をありのままに写すことによって、そこに作者の精神のありようを写し出そうとするものであった。

ここに挙げた歌は、子規の死後にまとめられた歌集『竹の里歌』に収められているが、もともと、明治三十四年（一九〇一）正月より「日本」紙上に連載された「墨汁一滴《ぼくじゅういってき》」にかかげられた歌である。四月二十八日の夕食のあと、病床にあおむけになった子規は机の上に藤の花が今を盛りと咲いているのを見て、「艶《えん》にもうつくしきかな」とひとりごち、あやしく歌心をもよおして筆をとった。藤の花の歌は一〇首に及んだ。子規三四歳のときで、その最期に至るまで、あと一年余りしか残っていなかった。

子規は瓶にさした藤の花をありのままに詠んだ。今を盛りの藤は、万葉歌人が「藤波の花は盛りになりにけり」と言寿《ことほ》いだ昔を思わせるばかりか、その「艶にもうつくしき」花は子規の求めた美の現出に他ならず、ひいては子規の魂とも見えてくる。だが、その見事な花ぶさは、子規の病の床が敷かれた「たたみの上」には届かない。それと認めて詠嘆する「けり」には深く胸をうつものがある。

写生に徹した歌は、時として、作者とその時代の精神のありようを残酷に写し出す。あやしく子規の歌心を誘った藤の花は、黒船来襲に驚き、なりふりかまわぬ和魂洋才で富国強兵をめざした明治の日本さながら、大地から切り離されて瓶にさされているのだ。根は失なわれているが、よく水を上げて、花は今を盛りのありさまである。日露戦争の三年前であった。

正岡子規《しき》
（一八六七〜一九〇二）

慶応三年、伊予《いよ》国温泉郡藤原新町（松山市）に生まれる。一六歳のとき松山中学を退学して上京、明治二十五年以降、新聞「日本」に拠って、病に苦しみながら俳句・短歌の革新運動をすすめる。明治三十一年より『ほととぎす』を主宰、明治三十五年、三六歳にて没する。

九五　明治天皇御集

四方《よも》の海みなはらからと思ふ世に
など波風の立ちさわぐらむ

明治《めいじ》天皇

すでに十八世紀のころから極東に触手をのばしてきていたロシアは、日清戦争後、露骨な三国干渉を行ない、満州、朝鮮の権益をめぐって激しく日本と対立した。これに対して、日本は明治三十五年（一九〇二）に日英同盟を結び、強大なロシアの軍事力に対峙《たいじ》しようとした。ここに挙げた歌は、日露戦争を前にした明治天皇の御製である。大国ロシアと戦わなければならなかった小国日本の不安を背景に、四海同胞、世界平和を丈高くうたわれたもので、旅順《りょじゅん》の激戦がつづく明治三十七年十二月、英訳されて米国大統領ルーズヴェルトに贈られ、翌年六月のルーズヴェルト講和提案をうながす布石となった。

昭和十六年（一九四一）九月六日、対米開戦に傾く軍部の態度に不安をもたれた昭和天皇は、御前会議においてこの歌をよみあげ、それとなく戦争を避けたい心境を示された。このような会議で、たとえ歌の披露であっても、天皇の発言は異例のことであった。昭和天皇は祖父明治天皇の御製に平和への思いを込められていたと思われる。明治天皇の御製は、二十世紀の日本が国の命運を賭して戦った二つの大戦争を前に、重大な意味をもって詠まれたのである。

黒船来航によって国を開いた日本は、西欧列強の圧迫の中で何とか独立を維持し、和魂洋才、富国強兵をすすめて、日清、日露の戦争に勝利し、アジア唯一の近代国家「大日本帝国」をつくり上げた。その象徴となったのが明治天皇であった。

明治天皇は慶応三年（一八六七）正月、一六歳で即位された。王政復古の大号令は、この年の十二月である。新しい国家秩序を天皇制に求めた維新《いしん》の元勲たちによって「天皇は神聖にして侵すべからず」とされたが、立憲君主として政治権力を行使することは許されなかった。しかし、明治天皇は重臣の飾り物におわらず、折にふれて強力なカリスマ性を発揮していく。それには、八八回にわたる全国巡幸と事あるたびに詠まれた十万首を超える御製の力があずかっていた。いずれも歴代天皇に未曾有《みぞう》のことであった。

徳富蘇峰《そほう》は「国家の一大秩序は、実にわが明治天皇の御一身につながりしなり」と評した。天皇その人が明治国家の秩序だったのである。明治四十五年（一九一二）、その偉大な天皇が崩御する。御大葬の夜、旅順攻略に大功のあった乃木希典《まれすけ》が妻と共に殉死して国民を驚かせ、一つの時代が終わったという深い喪失感をもたらした。

明治《めいじ》天皇
（一八五二〜一九一二）

ペリー来航の前年にあたる嘉永《かえい》五年、孝明《こうめい》天皇の第二皇子として誕生。御名は睦仁《むつひと》。慶応三年正月九日、一六歳にて即位。翌年には、改元して明治となる。近代日本の興隆を自ら体現され、日清・日露戦争を勝利に導いた。明治四十五年七月三十日、六一歳にして崩御された。

九六 海の声

白鳥《しらとり》はかなしからずや空の青
海のあをにも染まずただよふ

若山牧水《ぼくすい》

若山牧水《ぼくすい》の歌は、与謝野晶子《よさのあきこ》、石川啄木《たくぼく》のそれと共に、近代の日本人に広く愛唱された。ここに挙げた歌の他にも、「幾山河《いくやまかは》越えさり行かば寂しさの終《は》てなむ国ぞ今日も旅ゆく」や「白玉の歯にしみとほる秋の夜の酒はしづかに飲むべかりけり」など、旅や酒をうたった牧水の歌は、ふとした折に私たちの口をついて出てくる。

牧水は明治三十七年（一九〇四）、早稲田大学高等予科に入学している。同級に北原白秋《はくしゅう》がいた。牧水は明治四十年（一九〇七）六月から、陸路を京都、山陽地方をへて故郷の宮崎に帰省、さらに都井《とい》岬まで足をのばしたのち、海路を神戸にもどり、関西をめぐって、九月に東京へもどっている。この旅の中で「幾山河」の歌が詠まれた。「白鳥」の歌もこのころである。

初句の「白鳥」は明治四十年十二月に投稿雑誌「新声」に発表されたとき「はくてふ」となっていたが、翌年出版された第一歌集『海の声』で「しらとり」にあらためられた。これによって、牧水がうたった「取り去ることのできない寂寥《せきりょう》」は、明治の浪漫主義を越えて『古事記』の時代から現代までをも貫くものになったといってよかろう。

「空の青」「海のあを」にも染まることなくただよっている「白鳥」は、まほろばの大和へ、はるかな天空へと飛翔していった倭建命《やまとたける》の哀切な魂であり、日露戦争に勝利したのち行方も知れず太平洋にただよう日本でもある。そして何よりも、永遠の寂寥を抱えた若き牧水の魂である。それに向かって「かなしからずや」と問う牧水の声には、青春のもつ悲哀、孤独、清澄がみなぎっている。現代人には、白鳥の姿が宇宙の闇に浮かぶ孤独な地球の衛星写真にも重なってくるだろう。

明治三十八年の日露戦争勝利によって、富国はともかく強兵を成し遂げた日本は、資本主義の内部矛盾を深めながら帝国主義国家への道を突き進んでいく。「明星《みょうじょう》」はその輝きを失ない、自然主義文学が台頭してくる。そんな時代にあって、牧水は目の前の現実をうたうよりも「宇宙の間に生み落とされた自己《われ》の全部を知り確めむため」（雨夜座談）の歌を求めた。歌は作者という「唯一絶対の或《ある》一生命」のあらわれでなければならなかった。芸術の対象は自己そのものである。牧水はそれを、果てることのない旅と酒の中に追い求めていったのである。「けふもまたこころの鉦《かね》をうち鳴しうち鳴しつつあくがれていく」という四三歳の生涯であった。

若山牧水《ぼくすい》

（一八八五～一九二八）

明治十八年、宮崎県東郷村に医師の長男として生まれる。一六歳のころから短歌の投稿を始め、一九歳で上京して早稲田大学高等予科に入り、北原白秋・土岐善麿《ぜんまろ》らと交友、自然主義文学の影響を受けながら歌作にはげむ。終生、旅と酒を愛し、昭和三年に四三歳で没した。

九七
一握の砂

東海の小島の磯の白砂に
われ泣きぬれて
蟹《かに》とたはむる

石川啄木《たくぼく》

石川啄木《たくぼく》の第一歌集『一握の砂《いちあく》』の巻頭歌である。天空の彼方にすえた望遠カメラが大きくズームアップするようにして、蟹とたわむれる極小の「われ」をとらえ、そのどうしようもない青春の悲しみを写し出している。「東海」は日本をいう。あるいは太平洋であってもよい。「小島」は日本を世界地図で見るイメージである。現実の小島ではなく、観念の中で極小化された日本、あるいは啄木の漂泊した北海道であってもよい。それなら、「磯」はこの歌の歌碑が立つ函館《はこだて》の大森浜であってもよい。歌において「嘘をつかぬ」と心がけた啄木だから、おそらく実体験をもとにうたったのだろうが、すぐれた歌はつねに実景以上のものを写し出す。「白砂」は単なる砂ではない。神の降臨する空間、純粋無垢の心である。そこにおいて「われ」がたわむれている「蟹」は、二度と帰ってこない「いのちの一秒」をすくいとる歌、啄木の「悲しき玩具《がんぐ》」そのものである。

この歌は、明治四十一年（一九〇八）七月発刊の『明星《みょうじょう》』に発表された。啄木は若くして明星派詩人として出発したが、盛岡中学の中途退学、文学で身を立てようとしての上京、それに失敗しての帰郷、寺の住職だった父の罷免など失意の生活を強いられたあげく、一家離散し、「石をもて追はるるごとく」故郷渋民《しぶたみ》村を出て、一年にわたる北海道流転ののち再度上京、挫折と貧窮に苦悩する創作生活を送った。そんな中、明治四十一年六月二十四日、本郷の下宿赤心館で函館時代を追憶して、この歌が詠まれている。啄木二二歳のときである。高らかに青春を謳歌した明治の浪漫主義は、もはやここにはない。

『明星』は明治四十一年十一月に百号をもって終刊する。一つの時代が終わったのである。時代の「痛切な事実」を前にした啄木は浪漫主義を超えて、「何に限らず歌ひたいと思つた事は自由に歌へば可《よ》い」（歌のいろいろ）と、歌に新しい時代の内実とかたちを求めていく。『一握の砂』に始まる短歌の三行書きも、その試みの一つである。時代の新しい思想であった社会主義にも傾斜している。

明治四十年代にはいると、日本は深刻な不況にみまわれ、労働運動が激化して、明治四十三年には大逆《たいぎゃく》事件、日韓併合へとすすんでいく。そんな時代に、啄木は「時代閉塞《へいそく》の現状」を書き、『一握の砂』を刊行したのである。明治四十五年（一九一二）、啄木が二六歳で迎えた臨終に立ち会えたのは、父と妻と牧水《ぼくすい》だけであった。妻節子の願いで墓は函館の立待岬につくられた。

石川啄木《たくぼく》
（一八八六～一九一二）

明治十九年、岩手県日戸《ひのと》村に常光寺《じょうこうじ》住職の子として生まれ、翌年、渋民村宝徳寺《ほうとくじ》に移る。一七歳のとき文学で身を立てようと上京、与謝野鉄幹《よさのてっかん》・晶子《あきこ》を訪ねる。貧窮と流浪の中にあって、短歌のみならず、詩・評論・小説にも異才を見せるが、明治四十五年、二六歳で没した。

九八

あらたま

あかあかと一本の道とほりたり
たまきはる我が命なりけり

斎藤茂吉《もきち》

この歌は、大正十年（一九二一）に刊行された斎藤茂吉《もきち》の第二歌集『あらたま』に見える。大正二年（一九一三）秋に東京郊外の代々木で、「一本道」と題して詠まれた八首連作の一つである。大正二年と言えば、茂吉は五月に生母「いく」を亡くしており、その悲嘆慟哭《どうこく》を五九首の連作として詠み、「死にたまふ母」と題して『アララギ』九月号に掲載している。

のど赤き玄鳥《つばくらめ》ふたつ屋梁《はり》にゐて足乳根《たらちね》の母は死にたまふなり

茂吉の絶唱として名高い挽歌である。さらに七月には『アララギ』を主宰していた伊藤左千夫《さちお》が急死する。信濃《しなの》の上諏訪《かみすわ》で報せを聞いた茂吉は「悲報来」と題する連作に悲しみを歌った。

茂吉は第一高等学校三年であった明治三十八年（一九〇五）の初めに正岡子規《しき》の『竹の里歌』を読み、医学への道と並んで本格的に歌人を志している。日露戦争で日本軍が旅順《りょじゅん》攻略を果たそうとしたころである。翌年には、子規の根岸《ねぎし》短歌会の後継者で万葉調の信奉者であった伊藤左千夫の門下となり、『馬酔木《あしび》』に参加している。『馬酔木』は明治四十一年（一九〇八）に廃刊、代わって『阿羅々木（アララギ）』が創刊された。

標題の歌が詠まれた大正二年十月には茂吉の処女歌集『赤光《しゃっこう》』が刊行されている。ひりひりするような官能と叙情を万葉調で歌い上げ、その中に一途《いちず》な真情を吐露していて、茂吉を代表する作品集となっている。翌年には青山脳病院を経営する斎藤紀一の次女と結婚し、斎藤家を継いでいる。

こうしてみると、茂吉の前にあかあかと通る一本の道は、短歌であれ、医学であれ、肉親への情であれ、茂吉の真摯《しんし》で一途な思いそのものであろう。「たまきはる」は命に掛かる枕詞《まくらことば》である。その一途な思いは、柿本人麿《ひとまろ》研究への情熱ともなり、昭和十六年（一九四一）十二月八日の宣戦の大詔に「満身の紅血、みなぎりたぎり、跳躍鳴動する」ものともなった。

茂吉は単なる写生の人ではなかった。左千夫の門下に入ったときにも、茂吉は左千夫から「貴君は一種の天才なる事を自覚し、今の儘《まま》にて真直に脇眼もふらずに」と励まされている。大正九年（一九二〇）、茂吉は『アララギ』に「短歌に於ける写生の説」を書き、「実相に観入して自然・自己一元の生を写す」と説いて写生論の新たな展開を試みている。客観的な写生ではなく、真実の生を写さんとする「写生」である。

斎藤茂吉《もきち》（一八八二〜一九五三）

明治十五年、山形県金瓶村《かなかめ》に生まれる。親戚の医師斎藤紀一に勧められて医学を志し、東京帝大医科大学に入学。精神科医師、アララギ派の歌人として活躍し、昭和二十八年に七〇歳で死去した。生涯に詠んだ歌は約一万八千首、大著『柿本人麿』など歌論・随筆も多い。

九九　空には本

マッチ擦《す》るつかのま海に霧ふかし身捨つるほどの祖国はありや

寺山修司《しゅうじ》

すでに青森高校時代に全国学生俳句大会を主催して注目されていた寺山修司《しゅうじ》は、早稲田大学に入学した昭和二十九年（一九五四）、第一回「短歌研究」新人賞を受賞した中城ふみ子の「乳房喪失」に刺激され、「チェホフ祭」と題する短歌五〇首を詠んだ。これが第二回「短歌研究」新人賞を受賞し、新しい時代のヒーローとして一躍脚光をあびる。一八歳だった。しかし、その年の冬、寺山は腎ネフローゼを発病し、月に一度は危篤状態におちいるという闘病生活を余儀なくされた。

標題の歌は、闘病生活中の昭和三十二年（一九五七）に「祖国喪失」と題してつくられた連作の冒頭に置かれている。連合国軍の占領下を脱して、すでに五年。神武《じんむ》天皇以来という未曾有《みぞう》の好景気を背景に、時の経済白書が「戦後は終わった」と記したのは前年のことである。その十月には、砂川基地闘争、ハンガリー動乱、スエズ動乱が勃発している。
マッチの炎がつかのまだけ霧深い幻想の海をあぶりだす。その海がどこかで見た現実の海である必要はない。深い霧は死に直面する寺山を包む情念の霧であっても、戦後日本を覆う偽善の霧であってもよい。この歌の手柄は、挙げて下の句にある。身捨つるほどの祖国はありや。それは、未曾有の敗戦と占領によって「身捨つるほどの祖国」を喪った戦後の日本に対する、寺山の呪詛にも似た恋情である。

寺山の歌の背景には、富澤赤黄男《かきお》の俳句「一本のマッチをすれば湖は霧」「めつむれば祖国は蒼き海の上」があると指摘されている。一歩まちがえれば剽窃《ひょうせつ》になりかねないが、寺山はそこに連歌の疎句《そく》付けにも似たコラージュの技法を駆使して、斬新な表現世界を創出したのである。

「祖国喪失」は昭和三十三年（一九五八）に刊行された寺山の第一歌集『空には本』に収められた。その夏、寺山は四年間の闘病生活を脱し、熱くて騒がしい戦後の高度経済成長時代の旗手として、才気のおもむくまま、劇団「天井桟敷《てんじょうさじき》」を結成し、映画をつくり、小説・詩・批評・歌謡と止まることを知らず、昭和という時代を息せき切って走り出す。剽窃あり、パロディあり、社会の下層に生き続けた思想や表現の伝統と激しく響きあいながら、皮膚をもたない少年の裸身が直接世界に触れておののくような抒情性を戦後の日本に突きつけた。昭和五十八年（一九八三）、高度成長を達成した日本がバブル経済へと突入する前、寺山修司は四七歳で急死する。

寺山修司《しゅうじ》
（一九三五～一九八三）

昭和十年、青森県弘前市に生まれる。父は九歳のとき南洋で戦死。一八歳のとき第二回「短歌研究」新人賞を受賞、その冬、ネフローゼを発病、長期療養生活をする。昭和三十三年、第一歌集『空には本』を刊行。文学、演劇、映画など多彩な活躍の中、四七歳にて急死する。

一〇〇 宮中歌会始

わが国のたちなほり来し年々に
あけぼのすぎの木はのびにけり

昭和《しょうわ》天皇

昭和六十二年（一九八七）新春の宮中歌会始においてうたわれた御製である。

「あけぼのすぎ」はメタセコイヤの和名である。この樹木は百万年前に絶滅したとされていた化石植物だが、その生木が第二次世界大戦中の一九四三年、中国四川《シセン》省で発見されたのである。さらに四年後、湖北《コホク》省でも自生地が見つかり、その種子が米国に送られた。メタセコイヤは成長が早く、高さ三五メートルもの大木になる。その種子と苗木が米国の学者から天皇に贈られ、吹上《ふきあげ》御所内で見事に成育した。昭和六十二年当時、すでに二〇メートルを超えるまでになっていた。

昭和六十二年といえば、戦後の荒廃から立ち直って高度経済成長を達成した日本が、オイルショック、円高をも克服して、世界最強の経済大国になろうとしていた。天皇の御製は、戦後日本のめざましい復興、それを支えた日米関係や中国との長いえにしを、あけぼのすぎに託して平明率直にうたわれたものである。

宮中歌会始が現在のように正月恒例行事となるのは明治二年（一八六九）からのことで、近代天皇制と不可分のものといえる。明治天皇ほどではないが、昭和天皇も多くの御製をものされている。天皇は旧憲法下にあっても立憲君主として国事に容喙《ようかい》することを控え、昭和十六年（一九四一）九月六日の御前会議においても明治天皇の御製をもって自らの意のあるところを示された。ことに、摂政となられた大正十年（一九二一）から崩御前年の昭和六十三年まで、戦時中も絶えることなく詠み継がれた宮中歌会始の御製は、題詠ながらも、巧まずして時代をよみこみ、昭和史をそのまま体現されたものとなっている。

満州事変が勃発した翌年、昭和七年（一九三二）の御製は「ゆめさめて我世を思ふあかつきに長なきどりの声ぞきこゆる」と、多難な国事に心を悩まされながらも、長夜の向こうに希望のあることをうたわれた。敗戦後の昭和二十一年（一九四六）には、元旦の人間宣言につづいて、「ふりつもる雪にたへていろかへぬ松ぞををしき人もかくあれ」とうたわれ、民族の危難にあたって自らと国民をはげまされた。

昭和天皇の在位期間は歴代最長の六四年にわたり、未曾有《みぞう》の大戦争、敗戦、その後の驚異的な経済成長を体験した。その波乱万丈の時代が昭和六十四年（一九八九）一月七日の天皇崩御をもって終わると、国内は異様なムードと喪失感につつまれた。年号によって区切られる一つの時代以上のものが終わったのである。

昭和《しょうわ》天皇

（一九〇一〜一九八九）

二十世紀最初の年である明治三十四年の四月二十九日に誕生、御名は裕仁《ひろひと》。大正十五年十二月二十五日の大正天皇崩御により、第百二十四代天皇として即位。日本が未曾有の大戦と高度経済成長を体験した激動の時代を生き抜かれ、昭和六十四年一月七日に八七歳にて崩御。

和歌の系譜

和歌は「やまとうた」を漢字表記したもので、伝統的な日本の歌を言う。これは漢詩を指す「からうた」に対して案出された言葉である。その背後には、日本人が自ずから口ずさんできた伝統の歌を文学として意識し、それを大陸文明に対峙するものとして捉えようとする精神があった。

こうした傾向が日本人に生まれてくるのは、天智天皇が近江に遷都した大津京の時代で、それを象徴的に示しているのは『万葉集』巻一に見えている額田王の「春秋判別歌」であろう。その詞書によれば、天智天皇が諸王群臣を集め、漢詩によって「春山の万花の艶《にほひ》」と「秋山の千葉の彩《いろどり》」を競わしめたとき、額田王が歌をもって春秋の優劣を判定したというのである。天智二年(六六三)の白村江の敗戦を機に百済の知識階級が我が国に大量に亡命してくると、大津京において、にわかに漢詩文をつくる風が起こった。それが、呪歌あるいは民謡として歌われていた伝統の「やまとうた」を刺激し、その文学意識を育むことになったのである。そんなおり、天智天皇は額田王に「やまとうた」で「からうた」の優劣を判定せしめることによって、「やまとうた」の位置づけを確かなものにしようとしたのであろう。

我が国最初の和歌集である『万葉集』は八世紀後半に編纂され、「ますらおぶり」「清澄素朴」の歌風を特色とした。その編者には大伴家持など諸説あるが、天平勝宝三年(七五一)に成った我が国最古の漢詩集『懐風藻』に対抗して編まれたことは、想像に難くない。『万葉集』に採録された歌の作者は天皇から庶民に至る多様な階層を含み、その詠まれた場も全国にひろがっている。歌の形式や素材においても多彩で、巻十六に採られている安倍朝臣《あべのあそみ》子祖父《こおじ》の「無心所著《こころつくところなき》歌二首」のように、二十世紀のシュールリアリズム文学を想わせる歌まで試みられている。

万葉時代の定型は五七調で、「五七」の繰り返しの回数によって「片歌」「短歌」「長歌」という基本的な歌の形式が生まれる。その終りは「七」（あるいは「七七」）で止める。簡略に示すと次のようになる。

片歌　五七・七（一回のみ）　他者との唱和問答

短歌　五七・五七・七（二回のみ）　私的・主情的表現

長歌　五七・五七……五七・七（三回以上）　公的・叙事的表現

叙事的な長歌に添えられた主情的な短歌を反歌という。なお、旋頭歌（五七七・五七七）は片歌の唱和問答形式を個人で詠んだかたちになっている。

平安時代の和歌を代表するのは延喜五年（九〇五）に成った『古今和歌集』で、「もののあはれ」を基調にして繊細優美の歌風を理想とした。このころから短歌形式が主流になり、和歌と言えば、それだけで短歌を指すようになる。それと共に七五調の歌が多くなり、三句切れが増えて、上句（五七五）・下句（七七）の別も明瞭になってくる。作者は次第に貴族階級や僧侶に限られるようになり、和歌が社交に欠かせぬものになっていく。こうした傾向の旗振り役となったのは紀貫之である。一方、記・紀以来の伝統をもつ歌謡の精神は、平安時代の朗詠・今様から中世の小歌へと受け継がれていく。

中世を代表する歌集は、後鳥羽院の強力な主導のもとに元久二年（一二〇五）に撰集された『新古今和歌集』で、「幽玄」「艶麗」を理想とし、余情的・象徴的表現が好まれた。七五調、三句切れ、体言止の歌が一般的になる。藤原定家・西行・寂蓮が詠んだ「三夕の歌」などは、その典型であろう。

新古今時代以降、「和歌の道（敷島の道）」が称揚されるようになるにつれ、和歌は技巧をもっぱらにして類型的な表現におちいり、あるいは古今伝授のように秘伝化して、文学の新しい地平を切り開いていく創造力を喪ってしまう。それでも和歌が我が国の第一文学でありつづけたのは『古今和歌集』以来五百年余にわたって連綿と編纂された勅撰和歌集の権威によるところが大きかった。だが、その時代も二十一代目に当たる『新続古今和歌集』（一四三九）を最後にして終焉する。その一方で、「幽玄」と並んで中世を代表する「狂」の精神が、狂歌や連歌となって歌の世界に噴出してくるのである。

連歌の初めは『万葉集』巻八に尼と大伴家持が上句・下句を詠み交わした歌にまでさかのぼるが、形式として完成するのは新古今時代である。これは百句を詠み継いでいく百韻形式を基本とし、発句（五七五）に始まり、短句（七七）・長句（五七五）を次々に詠み継いで挙句《あげく》（七七）に至るものである。初期の連歌は機知やユーモアをもっぱらにしていたが、やがて和歌の「敷島の道」に対抗して「筑波の道」を称し、和歌的理想を追求するようになる。その頂点に立ったのが宗祇である。

連歌は歌言葉しか使えなかったのに対し、俳諧（正しくは「俳諧の連歌」）は漢語や俗語を自由に使えた。中世連歌から近世俳諧への橋渡しをしたのは連歌師でもあった松永貞徳で、初めは連歌に同じく百韻（百句）を基本としたが、松尾芭蕉以降の俳諧は句数を三六句に減じた歌仙形式が主流になり、式目（ルール）も緩やかになった。

中世・近世の国民的文学となった連歌形式の文学は、唱和形式の歌謡と短歌の出会いによって生み出された「場（座）の文学」であり、「共同の文学」であった。南北朝時代に連歌の理論的基礎を打ち立て、准勅撰集『菟玖波集《つくばしゅう》』

を編み、「応安新式」という全国的ルールを制定したのは二条良基で、その理想をのちに体現したのが芭蕉の俳諧であった。こうした連歌・俳諧の興隆に押されながらも、中世・近世の和歌（短歌）は時代の潮流に合わせて万葉風・古今風・新古今風への復古をはかり、あるいは個人の述懐や辞世の中に生き延びていくことになる。

近代になると、西欧近代文学の強い影響の下で和歌の系譜に大きな変革が起こる。それを自ら実践したのは、「写生」を唱えて俳句・短歌の革新運動をすすめていった正岡子規である。子規は「連俳は文学に非ず。発句は文学なり」として連歌形式の文学を否定し、ただ、その発句だけは個人が作品全体に責任をもって表現できるところから、これを五七五の最短形の文学として独立せしめ、それを「俳句」の名で呼んだ。俳句は、俳諧の前句付から起こった川柳ともども一行詩として近代文学の一翼をにない、近代の国民的文学となった。今日では、「ＨＡＩＫＵ」の名で世界に広まっている。和歌は近代になると「短歌」と呼ばれ、西欧近代文学の理念を負うた自己主張・自己表現の文学として新たな展開を始めた。また、近代の終焉と共に連歌・俳諧の可能性が見直されつつあることも付言しておきたい。

本書では、短形式の和歌から百首を選んだ。時代は神代から現代に及ぶ。中世・近世に興隆した連歌・俳諧という付合《つけあい》文学と、その発句を独立せしめて近代文学の一とした俳句については、また別の機会に扱ってみたい。

● 著者紹介

高城修三（たき　しゅうぞう）

一九四七年、高松市生まれ。京都大学文学部卒業。一九七七年『榧の木祭り』で新潮新人賞、翌年、同作にて芥川賞を受賞。主な著書に『糺の森』『約束の地』『苦楽利氏どうやら御満悦』『京都伝説の風景』『紫の歌』『大和は邪馬台国である』『紀年を解読する』『神々と天皇の宮都をたどる―高天原から平安京へ』などがある。

カバー画　内田青虹・紫草（額田王）

製作・協力　株式会社見聞社

百歌繚乱

――憶えておきたい日本の歌――

二〇〇三年七月一〇日　第一刷印刷
二〇〇三年七月二〇日　第一刷発行

著　者　高城修三
発行者　益井英博
印刷所　日本写真印刷株式会社
発行所　株式会社文英堂

東京都新宿区岩戸町一七　〒162-0832
電話　〇三(三二六九)四二三一(代)
振替　〇〇一七〇-三-八二四三八
京都市南区上鳥羽大物町二八　〒600-8691
電話　〇七五(六七一)三一六一(代)
振替　〇一〇一〇-一-六八二四

ISBN 4-578-12994-2 C 0095